林汉筠

著

黔地行记

QIAN

DI

XING

JI

SPM
南方传媒 广东人民出版社

·广州·

图书在版编目（CIP）数据

黔地行记/林汉筠著. —广州：广东人民出版社，2024.4
ISBN 978-7-218-17406-8

Ⅰ.①黔…　Ⅱ.①林…　Ⅲ.①散文集—中国—当代　Ⅳ.①I267

中国国家版本馆CIP数据核字（2024）第024492号

QIANDI XINGJI

黔地行记

林汉筠　著

出 版 人：肖风华

责任编辑：钱飞遥　寇　毅
责任技编：吴彦斌

出版发行：广东人民出版社
地　　址：广州市越秀区大沙头四马路10号（邮政编码：510199）
电　　话：（020）85716809（总编室）
传　　真：（020）83289585
网　　址：http://www.gdpph.com
印　　刷：三河市嵩川印刷有限公司
开　　本：700毫米×1000毫米　1/16
印　　张：12　　字　　数：200千
版　　次：2024年4月第1版
印　　次：2024年4月第1次印刷
印　　数：1–10 000
定　　价：42.00元

如发现印装质量问题，影响阅读，请与出版社（020-87712513）联系调换。
售书热线：（020）87717307

为什么我的眼里常含泪水？

因为我对这土地爱得深沉……

——艾 青

CONTENTS **目 录**

引 子

一张照片的诱惑 ……………………………………… 002

那 山

土家山寨数星星 …………………………………… 006

一座山寨的时间书 ………………………………… 011

亚洲楠木王和它的山寨 …………………………… 019

泉口读石 …………………………………………… 024

客串"古村 28 渡" ………………………………… 028

在飞雪中穿行 ……………………………………… 033

春到山寨桃花艳 …………………………………… 038

"神秘傩寨"的乡村舞台 ………………………… 043

洞佛寺的火光 ……………………………………… 047

夜宿枫香溪 ………………………………………… 050

宋至平的十字关 …………………………………… 057

险滩之上品读历史 ………………………………… 062

安民教化一文脉 …………………………………… 066

那　水

古纤道·· 074

一条河流的天机···························· 079

古桥，山寨的流年碎片················· 084

诗意的鹿溪································· 091

上堰听茶································· 094

熬熬茶，嬢嬢的味道················· 098

煎茶"刨汤"···························· 103

那　人

观　傩································· 108

舞　龙································· 123

哭　嫁································· 129

赶　场································· 135

一代英豪的山祭····················· 142

风雨扶阳城························· 151

潮砥之砥····························· 165

跋

以"四力"之功著匠心之作

　　——读林汉筠《黔地行记》/ 张艳想 ·········· 182

林汉筠西部挂职促东西部文化交流 / 中新社 ·········· 185

黔地行记

引子

一张照片的诱惑

　　入黔前，负责对接的同志拿出一张照片给我们看。这张以浑然天成的山水作依托的城市风景照片，亭、阁、草、木、水、光、人，交相辉映，弥漫着黔地特有的韵味。冥冥之中似曾相识的场景，难道这就是我不远千里即将工作的地方？

　　从东莞出发，辗转十几个小时，当汽车缓缓地停下时，已是夜幕降临时分。心心念念着那张照片，没来得及跟接车的同志打招呼，就按图索骥，走进了那幅"水彩画"中。德江，就这样以夜的方式拥抱了我。

　　小城，给人的第一感觉，是一位腼腆的大家闺秀。不像我们东莞，夹杂着各地口音的人，行色匆匆奔向各个工厂企业、各家商铺、各大写字楼。这座不事张扬、优雅文静的小城，在一天天走进她、熟悉她之后，一个又一个的惊喜显露在其矜持背后。

　　"车行城市间，人在画中游"，是我对德江的第一感受。巍巍的大犀山、潺潺的玉溪河，像一幅水墨丹青，缓缓地舒展开来。无论是携三两好友走在城南新区的人民公园、玉龙湖、大犀山森林公园，还是奔跑在城北"产、景、城"一体的经济开发区，都会感到蓬勃的朝气和活力。

　　小城，去得最多的地方当是安化县文庙。从县委向北走不到300米，穿过小巷，一座木质瓦房、古典别致的四合院兀立在那里。第一次见到"安化县文庙"的字样，有点愕然。湖南安化早就闻名海内外，"湖南人怎么会在这里修建文庙？"带着疑惑，在踏入德江的第二天中午，一个人悄悄地走进了文庙，感受这方乐土厚重的文化底蕴。

早于春秋战国时期，先辈们在这里荷锄开垦，繁衍生息。它站在巴国南境之地，披上牂牁郡故地的彩衣，此地曾为思南宣慰司、思南府所辖。清光绪八年（1882），思南府属安化县治所从思南府附廓迁至大堡（今德江县城）。民国三年（1914），改名德江县，为县名之始。在文庙里，可以触摸着这座城市的过往，感受着古城的历史。没有纷扰的城市喧嚣，没有艳丽的灯红酒绿，没有躁动与飘浮，有的就是静静地倾听，倾听这座城市的历史和未来。

城市之美在于水，何况是以水而名的德江？穿境而过的乌江，31条峡谷河流如同31个姐妹，手持彩练当空而舞，舞出了千姿百态的独特景观。我曾去过境内的"水世界"：大龙阡、小龙阡、福王洞等妙手巧造的溶洞，五彩缤纷的世界地质奇观——洋山河。一次次置身其间，如梦如幻，不知是在天上还是在人间。

因为水，便有了小城龙的图腾。经常有朋友谈起德江的"龙"、元宵节"黄龙翻腾出人海，火树银花不夜天"的"炸龙"；六月六的"请龙滚水典龙身，得雨许下龙神愿"的"舞水龙"，已成为山寨的民族狂欢。而土家歌舞、薅草锣鼓、摆手舞、花灯等独具特色的民间艺术，为城市人文着上了绚丽的色彩。可惜，我没有机会参与其中，只能在朋友们的传说中领略当地人文风采。

让人大开眼界的是傩戏。在稳坪镇一家小院里，傩艺师用"文武两式"演绎，张扬又不失神秘，夸张又不失写实，粗犷又不失细腻，诙谐又不失庄重。后来，又在这里看了诸如"上刀山下火海""开山红"等"武式"表演，看得人惊心动魄。傩面具、神案、傩戏、傩技等等，这些大山赋予的文化瑰宝，作为奉献给世界的独特见面礼，经过千年演化转变，已成为"中国戏剧活化石"。作为"文化使者"，我多次奔走于东莞与德江之间，意在将德江傩戏推向东莞，让相距1200公里的莞德两地，资源共享、文化共融、产业共兴。

　　一座好客的城市，应该担得起大德的荣尊。1934年初夏，中国工农红军第三军转战千里，3000多名官兵被好客的德江人迎进家中，在这里建立了贵州高原上第一块红色革命根据地，召开了响彻中国历史的枫香溪会议。乡亲们宁肯自己不吃，也要积攒粮食送给客人。红军在这里生活五个月时间，被视为亲人，于是有了红军饼，有了红军桥，有了红军亭。像这样具有历史意义的国家、省、市级革命文化遗产和遗迹达28处之多，它们像种子般植进了黔地，成为永不磨灭的红色基因。

　　溯乌江而上，隐隐约约地见到潮砥滩边田秋的摩崖石刻"黔中砥柱"四个遒劲大字。曾读过田秋上奏的《开设贤科以宏文教疏》，想不到这位黔贤，是从这儿走出乌江，走向更宽广世界。那时，黔地荒蛮，连考棚都没有，学子们需奔波两千余里，去云南参加科考。大多数考生因路远资重而失去机会，有的甚至命丧赴考途中。有着切肤之痛的他，含泪上奏"兴办官学之疏"幸获御批，开启了贵州科考教育新纪元，改写了贵州考学历史。

　　汽笛长鸣。坐在乌江的游船上，"黔中砥柱"四个发亮的文字，越过了近500年，依旧敞亮在乌江两岸，成为这座城市的坐标，成为德江人的文化自信和精神图腾。

　　我做了黔地的圣徒，与这座新城达成了默契，与这座山寨形成了共识。俯下身来，观察这方山水的眼神，触摸她的体温；观察吊脚楼的气韵，感悟她的文化；探幽神秘傩寨的如烟往事，倾听川黔古道动人心魄的故事。

　　——那里，有一个辽阔而深刻的精神世界。

黔地行记

那
山

土家山寨数星星

夜幕，先在树梢下悄悄地做了拉伸动作，然后从高山的边角挂了下来，一直垂向涧底。

难得的好天气。到德江，第一次真实地看到晚霞落在山头，第一次真实地听到松涛在白云里吹着口哨，也是第一次真实地置身在山峦之间。

谭家村，高山镇东部边寨。从镇里沿着晚霞走，只有三四公里路程，却拐了十七八道弯。在新修的水泥路上，除了惊险，就是惊叹。惊险的是山崖陡峭，惊叹的是生活坚韧。一头头披着霞光的黄牛，不紧不慢地摇着尾巴，列队般从山头走来，这幅"山寨晚归"水彩画，顿时随着红光点点而流动起来。

到了山顶，映入视野里的，是一排排依山而建的吊脚楼。在暮霞的涂抹下，绘出一幅美轮美奂的乡村风情图——整洁干净的院落，迎面而来如久别重逢的张张笑脸，除了"笑问客从何处来"，还有满满的幸福感。让你感觉到这不是大山深处，而是生活过数十年的都市之中。

对面石窝里，摆放着好几排蜜蜂箱，远远地听到蜜蜂"嗡嗡"声。从石窝里钻出来的松树、枫树，形成它们与外界的天然屏障。如果不到近处，根本想不到这里藏有"千军万马"。

刚才"随行"的黄狗、花狗、黑狗，机警地朝我们叫上几声。当看到我们悠然地走进路边的农家，与热情的主人打招呼时，它们没有了刚才的"盛气凌人"，垂下尾巴，望了我们一眼，嗅了嗅，转身而去。

这是一座标准的土家民居。正堂门前新修的水泥路，洁净平坦。临公路是正堂和伙房，楼上是住房，楼下悬空。虽然不再是木结构，但仍旧有木质吊脚楼的韵味。屋后，是一片葱绿的菜地和果园，几个冬瓜像一头头吃饱了的大猪仔，横在地里，雪白雪白的，煞是抢眼；红薯、萝卜、白菜，还有叫不出名的青菜，一畦畦、一垄垄，在地里生动着，告诉我们，主人的勤劳与朴实。果园里的果子，依偎在枝头上，似乎在等待什么。

房子的主人阿飞，不善言辞，内秀，不事张扬的脸上无时不透露出他的音乐才华。作为音乐人，他去过深圳、东莞、北京等地，担任过演艺公司的音乐制作和策划，在那里施展拳脚，圈内圈外名气大得很。或许是家乡的山水太吸引他，或许他的音乐创作源泉，本就离不开这块粗犷豪放的土地，他毅然放弃了高薪，在家乡从事起音乐创作，通过音乐把德江的乡土文化推介给世界，把山寨美景推向外界。

月光里，山寨的天空很矮，山崖不低，云朵时左时右，与细粉似的涧水捉起迷藏，绿树与奇石肩搭着肩正窃窃私语。火光正浓，我们围着火炉，一边"打"（吃）着火锅，一边聆听阿飞的歌声。

> 谁在云上高山歌唱
> 谁筏舟在袅袅乌江
> 谁来到了水墨德江
> 谁醉在了玉溪河旁

火苗"嗞嗞"地往上蹦。随着乐声响起，阿飞站了起来，用低沉的嗓音轻推慢陈。歌声，如同滚动的画面徐徐拉开，又如山岚在微风中起舞，感觉自己快被他歌声中的山水淹没了。有人把天籁之音，比作心中的日月光芒。我总觉得，阿飞用歌声，去寻找内心深处的"默念"。

在他的歌声里，我们可以看到绿叶装扮着山岗，炊烟在吊脚楼上飘荡。
而那杯山寨特有的天麻乳酒带来的醇香，早将心儿酥得暖暖的。在他的
歌声里，可以看到一只雄鹰掠过白云，穿过涧流，直冲向我们。而正是
这只展翅翱翔的雄鹰，在那种穿透内心的音符中载着歌者，随着那把油
光发亮的吉他弹奏出来的节奏，驰骋在暮霭沉沉的大山深处。

　　当青草牧牛羊

　　雨润山岗

　　青鸟低回在遥望

　　美丽动人的姑娘

　　土家情歌迎风飘扬

　　阿飞的父亲，热情地领我们去看他存起来的酒缸。酒缸装的是自
家酿的猕猴桃酒、桃花酒、糯米酒、蜜蜂酒、"苞谷烧"……他取了大
碗当地特产天麻酒，邀我们一同品饮。泡了一定年份的天麻酒，酒精度
低，甜度高，一杯下肚，就有微醺的感觉。对于第一次踏进山寨的我们
来说，是那样陌生又那样甜美。火塘的火苗，正闪闪烁烁。在这微醺
中，会感觉到生活在向山寨展示更多的甜美；感觉到歌声从吊脚楼飞了
出来，从山涧里飞过，飞向远方。

　　这个场景，似乎在哪儿见过？真实得近乎梦幻。在土家山寨的第
一个夜晚，在火塘里，用歌佐酒，我们忘情地唱了起来：

　　高山啊高山

　　美丽的人间天堂

　　云雾又笼仙境

　　令人无限地向往

　　千年堂前赋神韵

诠释记忆的悠长

作陪的小东，是阿飞的表兄弟。这个曾经走南闯北的土家汉子，打过工、当过企业管理员，还做过小老板。"在外发展虽然好，但家乡的父老乡亲还在贫困线上挣扎，想起来就'扎心'。"几年前，在外干得风生水起的他，毅然回到家乡，投身脱贫攻坚、乡村振兴之中。

曾经走出山寨，他多想像都市人那样，一谈到家乡就神采飞扬，多想带着朋友体面地回到山寨。但真的回来了，要路没路，要电没电，要水喝都没有几滴，相当大的落差袭上心头。

转眼之间，山寨的道路硬化了，厕所改好了，电网改好了，山泉水引进来了，家家门口通了公路，大棚种植，肉牛养殖，天麻深耕，各类大小型加工厂进了山寨……寨子里的生活环境变了，四面八方的客人多了，来经商的人像山头的云朵一波又一波。也是一夜之间，曾经操着"达江"（德江）话的村民，说起普通话来，学会了用"德普"（德江普通话）与人交流。回乡发展的小东，卷起衣袖，甩开膀子，热火朝天干了起来，当上了天麻种植大户。用他的话说，通过"种植与加工"来擦亮高山"天麻之乡"这块牌子，走上小康之路。他一边小心翼翼地照料家里几亩地的天麻，一边参与天麻种植合作社，对天麻进行初加工，将村民种养产品带出大山，仅这一项带来的收益也相当可观——"一年三十万赚得很'安逸'"。

他还告诉我们，对面的蜜蜂养殖场是与他一道回乡的小伙伴经营的，这一项一年收入也有好几万。

小东敞亮的嗓子，一开口就谈到家乡的变化，谈到这片曾经贫瘠而又闭塞的土地，通过乡村振兴而焕发出新的生机，以及村民们生活发生的翻天覆地的变化。

此时，星空很低，那一颗颗星星像钻石一样触手可及。我们走出火塘，数着星星，数着对面土家闪烁出来的灯光。

> 谁执念了傩的神往
> 谁在延伸傩的希望
> 谁剪去了岁月的沧桑
> 谁留下了记忆的轮廓

阿飞拿着吉他，神采飞扬地弹唱起来。

月光，从天上洒下来，像在敲开山寨人家窗户。近处、远处的灯光，将山寨照得敞敞亮亮，竞相与歌声和韵。

远处，有一颗星星闪耀在高山之巅。

一座山寨的时间书

　　"我习惯于自己的思想，一如习惯于自己的衣裳，那些衣裳的腰围总是一个尺寸。我上哪儿都只看见这些衣裳，甚至走在十字路口也这样。这是最糟糕的，由于只看见衣裳，在十字路口就看不清东南西北了。"

　　正当看到《哈扎尔辞典》这一页时，车停下来了。还未待我从书中快慢镜里走出来，一座连接院落的龙门缓缓地滑到跟前。这是黔东北一座普通的土家古寨。秋日的阳光，像一条金丝带搭在龙门上，门楣上"乡愁文化苑"几个圆润大字，与阳光、寨子，形成了金色三角。

　　走过了多少个古村落，与多少山寨相遇，心里一直在盘算着"乡愁"这个温暖如春又撕心裂肺的字眼。"好为家山谣，兴因家山发"，人的一生，就是与山水相逢，与乡愁博弈。

　　一条一米来宽的石板路，缓缓地铺到跟前。沿路的竹篱笆，隔着郁郁葱葱的蔬菜，几个村民正在收整准备归仓的红薯，走到菜园里，沙土细细软软的，躺在地里的红薯圆圆胖胖，煞是可爱。挂在篱笆上的薯藤，黄绿黄绿，散发着清香。

　　越过正缓缓流动的小溪，沿着石板路向树丛间的青瓦房走去。这是典型的土家建筑吊脚楼。楼为"干栏式"全木结构，屋基前低后高，除厨房外，其他都悬空出来。楼的四周是整洁的走廊，雕栏花窗，屋檐呈鱼尾上翘。整个建筑飞檐翘角，雕龙画凤，柱头上、门窗边，描红着绿，色彩斑斓。

　　大门上贴着红红的对联，曾经油漆的板壁，已变得发黄，中堂嵌着"天地国亲师"的神龛，门槛磨得精光，门的转轴甚至裂出木屑。这里的生活故事未必精彩，但生活场景已相当精美。屋里的生活用品、屋外的生产用具，这些具象的、被时光磨得精亮的物品，已扭着内心。乡愁如同导火索，一经点燃，就会爆发出无限可能的能量。

　　一直以为，老家是最有诗意的村庄。湘西南一个山冲里，一条绵长的小河穿过，悠然自得地走向大江大河。一条磨得精亮的石板路，延伸着乡亲们的眼睛，这里曾经是湘西南的一条重要官道，纽带般连接着宝庆府与武冈州两地，牵起一路的幸福。

　　湘西南人喜聚居，一座连一座、一排连一排，整齐有序地布置着安乐窝。哪家孩子打破碗的清脆声和被棍子抽打的哭泣声，哪家男人粗重的打鼾声和撞击家具的摩擦声，哪家窗口飘出来音乐般的炒菜声和路人闻着炒辣椒的喷嚏声，眨眼间就会从上屋传到下屋，迅速传遍全村。

　　春暖花开时节，男孩们便迫不及待地脱下裤子，跳进河里，一个夏天都"泅"在水中，家里也省得添柴烧水的。天黑了，月亮出来了，就爬到巷子里的麻石上，听那个只剩下三颗牙齿的老人讲"古"。

　　老人在年轻时走南闯北过，用他自己的话说：到过连州挑过盐，到过郴州修过路，到过贵州拉过锯。他说，当年到畲族人的寨子，看到各家各户的神龛上摆着狗头，吓得他不敢进门。畲族奉狗为本族的"图腾"，他们将狗作为神一样来供奉。这恰恰与湘西南的风俗相反。在湘西南梅山文化中，狗肉被列入动物"五忌"之列，不得进厨房，不得放在正灶里烹、炒，不得摆到正堂里，更不用说红白喜事、逢年过节，都不得摆出狗肉来。他说，他还到过贵州的土家族，那里有白虎崇拜，神龛上常年供奉一只木雕的白虎。小孩穿虎头鞋，戴虎头帽，盖"猫脚"花衾被；门楣上雕白虎、门环上铸虎头。在深山老林过日子的土家人，想的就是用虎的雄姿来驱恶镇邪，希望能平安幸福。

每讲到一处，他都会意味深长地吸一口老旱烟，然后余味无穷地吐出一个个烟圈。

那时起，我总觉得老人烟杆里藏着好大的世界。

后来，听到姐姐读《黄鹤楼》："日暮乡关何处是？烟波江上使人愁。"尚不识字的我，看他们背得津津有味，便好奇地指着书中的插图问他们，这是哪儿？为什么读起来极像村头的山歌那样"撩人"？

大字识不了几个的姐姐，当然不会说，这是唐代诗人崔颢在登上黄鹤楼时的感想；也不会给我画一幅关于黄昏时分，诗人孤零零登上黄鹤楼所产生的那种强烈惆怅面容；更谈不上诗人怀想故园的那种悲壮又甜蜜的眼神。似懂非懂的她，面对我机关枪似的发问，"高冷"地扔下一句：这是乡愁。

哪儿是乡愁？难道那幅画着一个穿着长褂、戴着有"两只尾巴"的黑帽、牵着白马、站在古楼前的人的课本插图就是乡愁？

那个在村里头石板上讲故事的老人，他讲的是不是乡愁？烟管里冒出来的烟圈，是不是乡愁？母亲在村头喊的乳名、父亲用锄头敲打的泥土，是不是乡愁？从此，"乡愁"两个字，被犁进心田。

后来，读到了余光中先生的诗，知道那枚邮票也是乡愁。乡愁是邮票，是船票，是坟墓，是海峡。知道贴上邮票的乡愁，是与家人情感交流的枢纽；递过船票的乡愁，是饱含岁月的蹉跎，是与亲人相聚的感动；门槛上张望的母亲，是苦苦的等待，是被一捧刺眼的黄土堆积的坟墓，是生与死无法逾越的长城。原来，乡愁还可酿成欲哭无泪、仰天长啸的那坛"闷酒"。

走出被烟熏得漆黑的柴房，走出了父母的唠叨，走出老人烟管里吐出来的烟圈，踏过门前那条石板路，像一条鱼一样沿着小河游进了他乡。挥汗打拼、精心理家、躬身立业，一系列像剧本写过的词语般嵌进人生。那个藏在小小少年内心深处的乡愁，已被时间掏空，被岁月濯洗，被激情挥霍。行走在他乡，虽然没有"一日离家一日深，犹如孤鸟宿寒林"那样悲怆，但面对一个个热情却又陌生的身影，一座座喧嚣却又冷漠的街市，一条条温暖却又痛点阵阵的信息，早勾起浓浓的思乡之情。

而对于家乡所有焦渴的思念，一旦被转换为回乡的脚步，那句傻傻的"近乡情怯"的成语，已将自己逼仄得难以呼吸。

记得有一次，出差到离老家不到100公里的地方，一时兴起，便连夜打车回家。随着车轮滚动，一种被抽空了的感觉越来越厉害，走到半路不敢再走了。不知道这是不是乡愁？那种感觉越浓、思念越深，就越不敢走进那条藏进心头的巷子，越不敢推开那扇矮门，拖着嗓子嗲声嗲气地喊一声："娘"。

装进土家人心头的安乐窝，就是最具特色的吊脚楼，极像镶嵌在大山深处的璀璨星星。这些独具特色的建筑，散布在大山之中，或依山顺势，或靠山立崖，或沿沟环谷，或雄踞山巅，层叠而上，错落有致、逶迤蜿蜒得像音符一样挽起大山，迈向远方。又像一只只展翅高飞的大鸟，匍匐于山岭之间，起舞清影，点缀山寨生活。晨雾朦胧，山寨空灵，犹如水墨画；夕阳下，红霞染顶，又似一幅粗犷的重彩油画，座座吊脚楼海市蜃楼般晃悠在山峦之间。

打开火塘与主室的小门，里面隔了一层木板，踏上去叮咚作响。这个半干栏结构的建筑，中间为堂屋，左右两边为"绕间"，楼上通常有绕楼的曲廊，曲廊还配有栏杆。别看只是简单的木结构，优雅的"丝檐"和宽绰的"走栏"使吊脚楼自成一格。通过花格窗、司檐悬空、小青瓦、木栏扶手等的搭配，体现土家儿女对美好生活的向往。

土家儿女虽然深居大山，但对生活的讲究一点也不含糊。意象丰富的窗花，都是用浮雕、镂空工艺制成，细腻的雕刻手法，蕴藏着丰富多彩的内涵。整座房子木墙壁，里里外外涂上桐油，锃明彻亮。房屋周围大多种上竹子、果树和风景树，为他们的生活平添一份色彩。

山上的青石板，是重要建筑材料。他们就地取材，在山间、田边、水畔，凡人迹所至之处，到处是用石块堆砌起来的矮墙，一块一块整齐划一、方方正正。置放在家里的器皿包括装米用的缸都是石头做的，寨内的道路更不用说了。一块块石板，像一道道波浪，在楼与山、楼与水之间延伸着，描绘着，抒情着。

芭蕉村，初听觉得有一点怪怪的。像这种形如芭蕉、难以蓄水的山寨，给人的印象太深刻了。据说，这里的村民喝水要到几公里外形如水桶的蓄水井去挑。

对于乡下孩子来说，挑水的印象刻骨铭心。没有水桶高，就被叫着去挑水、做饭、洗菜。力气不大，只得半桶半桶地挑。俗话说："半桶水——淌得很。"在桶与井之间晃来晃去，好几次差点摔到井里。一听说"挑水"两个字，便会下意识地摸摸肩膀，下意识地晃动双手。

从县城驱车半小时左右，忽见一座披着绿色的山丘，一个立体的水桶标识高高地耸立在山顶。六根朱红的柱子伸向天空，一顶大大的"帽子"站在柱子上面，伸向天际。

这绝不是简单意义的标识，这是一种乡愁。

"乌江水呀波连波，乌江两岸石头多。贫穷日子真难过，守住乌江缺水喝。"这首唱得让人心酸的民谣，指的就是芭蕉村这个地方。这儿，虽然与滔滔的乌江相守，听得到江水的清鸣，看得到江水的清幽，但处于高山之巅，村民无奈地望着大江北去，无力把清澈的乌江水引进山寨。

芭蕉村的安小江，"少年不识愁滋味"，15岁的他去了远方打工。没有高学历，工厂都不敢要他，只得跟人到一家农场打杂，负责荔枝林的管护。多年的闯荡，加上荔枝林里打滚，渐渐地成了生态农业专家。一次在与老板分享成功喜悦的同时，他想着家乡荒芜的山地，打工无路的村民，还没有挣脱贫困的乡亲，便毅然回到家乡。先后筹资300

多万元，把土地流转过来，和芭蕉村几户农户创办了水果种植专业合作社，搞起了水果种植，一口气种下了好几百亩梨子、柚子、李子等果树，还套种了300多亩菊花，带动了当地村民就业。那些想就业、又找不到门路的村民，在家门口可以安心工作了。

"唯有去过远方，才懂得乡愁；唯有扎根泥土，才懂得故乡。"在苦水里泡过的孩子，更懂得珍惜对家乡的那份荣誉，那份责任。刚开始，由于管理和技术不到位，安小江发现仓库里1800多公斤的菊花产品，有部分色质偏差。他拿着产品思考着：让这些一般消费者看不出色质偏差的菊花产品流入市场，还是不让一朵菊花流出公司？安小江在仓库里想了几天，最后决定将这些产品烧掉。望着正烧着的菊花，安小江长长地舒了一口气。

在焚烧菊花的过程中，还有一个小插曲。那天，当他准备离开焚烧现场时，有人开着三轮车，偷偷地将未烧完的产品拉走，被安小江抓个正着。那人见状，愿意出价每公斤20元购买。见安小江不为所动，那人狠狠地扔下一句话：难怪你穷。

不错，当劣质产品在市场上大行其道，有的人钻上了空子，安小江却始终捍卫着"大德之江"的品牌，"要让自己活得敞亮"。

在乡愁的泥土上扎根，用丰收的喜悦回报脚下的这片土地。像安小江一样带着乡愁走上征程，用感恩之心来回馈家乡、用返乡创业来回报桑梓的乡亲大有人在。他们在乡村振兴的春风里，挥舞彩笔，把曾被人嘲笑的穷山寨描绘出段段锦绣。

一个暖暖的秋日，翻过几座大山走进安小江的"花果山"。菊花地里，打扮得像花一样的花农，一边唱着山歌，一边乐滋滋地采摘菊花。"春衫逐红旗，散入青林下"，只见巧手在花枝间与果篮里跳动，一大朵、一大朵黄菊，整齐有序地摆进果篮，享受着丰收的喜悦。

安小江捧着刚从树上摘下的柚子，若有所思，又若有所悟。"不到15岁爬上'泥巴车'外出打工，就想着一定会回来干点事出来。出门在外，我也想家，也想着沿着桶井边滴水过日子的山寨。未来可期，我更相信乡愁会在未来某个时刻遇见。"

"谁家玉笛暗飞声，散入春风满洛城。此夜曲中闻折柳，何人不起故园情。"唐开元二十二年（734）的一个春夜，正在洛城的李白，猛然听到一阵悠扬的笛子声从远处传来，婉转悠扬、低沉呜咽，带着惜别、相思愁苦情绪的古乐府《折杨柳》，像针一样插进他的心头，触发思乡之情。不知道，诗仙羁旅他乡，有没有预见某个时候能回到家乡，跪在家中的神位前，向祖先深深地祭拜？他的一生，是在陌生道路上行走的一生，在异乡山水里触摸乡愁的一生，在"异乡体验与故乡意识中深刻交糅"的一生，在"漂泊欲念与回归意识相辅相成"的一生。看来，回望与预见，是那么的充满魅力。

李白，肯定是一个有预见性的诗人。他时刻想着回到家乡，只是那首催人泪下的"思乡诗"还没有写成。那年，李白因"谋逆作乱"罪而"长流夜郎"，途经了奉节古白帝城。从这里乘船溯江而上。阵阵喊船的号子，声声熟悉的乡音，使他感到无比亲切，又无比难受。但是，身戴枷锁的朝廷钦犯，又有何脸面见江东父老？他在滚滚长江浪声中思考着，难道这就是一生所求的乡愁？

看着安小江开心的样子，想起前不久一个朋友谈到领导的管理能力时说过，一个好的领导干部要有前瞻性和预见性。好领导就是"跳出当地看当地"，"眼光至少要比别人远10年、20年"。在被菊花染黄的山头，在安小江和与安小江一样的山寨人内心里，有了预见，他们加快了回乡创业的步伐。

这个预见，在一场声势浩大的脱贫攻坚、乡村振兴的大幕里演绎着。这个预见，山寨从时间的码头出发，搭乘破风斩浪的帆船，由乌江汇入长江，向更宽阔的天地一路进发。

屋前的树下，正在拍一部名为《贵州土爷》的微电影。电影内容和有关情节，没有机会问清楚，应该与这方山水有关，与一段乡愁有关吧。

　　"'灵魂具有骨架，这骨架就是回忆功能'的古老部族的专著，却与这幢故宅有千丝万缕的关系。"坐在寨里头的石板上，一阵风打开了放在膝盖上的那本《哈扎尔辞典》。

亚洲楠木王和它的山寨

到楠杆乡，朋友说："要想了解德江，就得先去楠杆看看亚洲楠木王。"

初听起来，惊得合不拢嘴巴。好大口气，在这个一锄挖不出半尺土的山寨，竟然有雄霸亚洲的古树？何况是国家重点保护的野生植物金丝楠木。朋友却坚称这是一棵不可多见的古树，坚持要带我们去看一看。他说：你去了，一定会有收获。

年过半百，也算得上走南闯北的人。曾去过江西修水，与藏在深涧里的千年红豆杉，有了一面之缘。朋友讲起那棵古树的"威水史"时，眉飞色舞，神乎其神，吓得几个女同行不敢靠近。在那棵古树下，接过村民的老旱烟，不知是旱烟"老"的原因，还是古树施展了"魔力"，"吧嗒""吧嗒"地连抽了几口之后，便感到天地倒转，树叶哗哗作响，像风又不似风，像雨又不似雨，一阵浓雾直罩下来，昏昏然只听到老屋边声声急吠，同行们阵阵急促的脚步。被同行拉到溪边猛饮一壶山泉水，才镇静下来。从此，对于古树生发出敬畏之心。

曾到过江西樟树，这座中国唯一一座直接以树木命名的城市。相传，三国东吴大将聂友有一个和樟树有关的故事，后来聂友远战儋耳，战功显赫，成为一代英豪，为这座城市争了气，长了志，添了福。可是，来到樟树，我们没有找到传说的祭祀樟树遗址。到当地博物馆询问，工作人员也只是哈哈一笑。不过，走在大街小巷上，满眼里都是郁郁葱葱的樟树，鼻间是夹杂在樟树里的酒香。

　　曾去过故宫，导游指着一根柱子说："这就是金丝楠木，一根价值上亿元。像这样的柱子，在故宫多得数不清。"导游的话不能全信，但可以确信的是深山骄子金丝楠木，从万里之遥，拍石击水，历经千辛万苦，撑起了人们"想象中的天堂"，撑起这座"变幻的海市蜃楼"。在故宫，我偷偷地跑过去，抱了一下那棵据说是远从云贵高原运来的金丝楠木。用阿Q的话说，我也成了一个抱过了上亿元资产的人。

　　在岭南"揾食"，不时听到一些八卦新闻，某个富豪"淘"得了一批价值连城的金丝楠木；某人得了远古的金丝楠木挂件；一个个关于金丝楠木的神话传说，传来传去，成为"热搜"。

　　金丝楠木，可谓"大器晚成"之物，需要数百年的生长周期方能成材。何况是称得上"王"的、摄人心魄的"精灵"？

　　在朋友的指引下，我们一行人欣然前往亚洲楠木王广场。

　　黔中多瘴气，为喀斯特山区土壤侵蚀之地，靠"石头窝里找饭吃"。地薄田少，望天吃饭。别看这儿阴雨霏霏，雨一落地，就很快流进深藏在岩洞中的"阴河"去了，也就有了"地下河水白白流，地面滴水贵如油"的说法。这里的土质如挂在悬崖上的"贴墙草"，根底薄，养分、水分保存能力差，抗干旱能力弱。这与岭南恰恰相反。岭南受海洋性气候影响，肥沃的土地，为树木生长提供了强大的养料。清初著名学者屈大均曾在《广东新语》写道："夫望其乡有乔木森然而直上者，皆木棉也，有大树郁然而横垂者，皆榕也"，又"广州诸大县，其村落多筑高楼以居，……楼多则为名乡，遥望木棉榕树之间，矗立烟波，方正大小，一一相似"。可见木棉、榕树成为岭南的象征。动辄高达十余丈，需数人合抱，枝柯扶疏的木棉，只有深居这儿的人才会感觉到那种"排空攫挐，势如龙奋"气势。如果将岭南的榕树、木棉比作是放养的孩子的话，那么黔中的树木尤其是珍贵植物楠木，应该称得上养在深闺的淑女。

　　"淑女"楠木，以其历经百折而不为所刃的精神，接受一代又一代文人的歌咏。唐代诗人薛能曾写了一首名为《三学山开照寺》的诗。诗里写道："尽室遍相将，中方上下方，夜深楠树远，春气陌林香。"这个对楠木情有独钟的诗人，由此产生了联想：夜深人静，远远就看见楠木的影子，感受到春天的风带来远处田园的气息。清时的贵州田园诗人黎庶焘在《溯椰叶洲至楠木树王氏庄风景佳绝》一诗里，也有着对楠木的深情唱词："椰洲西上路逶迤，大木千章倚翠微。"

从楠杆乡楼房村委会走了一刻钟左右，就到了亚洲楠木王广场。上面有一个大戏台，两头石狮子镇守左右，一块巨大的石碑立在右方。"亚洲楠木王"五个拳头大的行楷嵌在碑上。碑文也很长，主要介绍这棵树的来由与保护。文字朴实，闻不出一丝八股味道，读来像山间小流，缓缓而流；似古树晨风，轻轻吹拂，心身顿觉开朗起来。

这棵名为"亚洲楠木王"的古树，位于思渝（思南到重庆）官道旁。站在树下，猜测着当年古驿道上人来人往：从重庆到思南的挑夫，从思南走向大都市的官宦，在山头山尾劳作的村民，匆匆来匆匆去，当他们歇在树下，就被大树的精气神浸润起来。

古树，有着千年的雄伟——43.5米高，相当于当今15层楼之高。主干树围12米，要有10人方可合抱起来。宛若一个大会场的树冠，覆盖面积达320平方米。

"2016年，专家到这里科学考察，推算这棵树的树龄在1000年以上，称像这样的金丝楠古树全国少见，是亚洲最大的楠木树之一。"朋友说，当地人称这棵树为"千年神树"。

古树，也有差点被砍掉的厄运。在那个特殊的年代，几个村民受派来砍这棵古树，夜已挂黑尚未砍到一半，早已精疲力尽的他们也回家休息。第二天，却发现被砍的地方已经愈合了。连砍三天，都是如此。第三个晚上，大伙儿做了同样的梦。梦中有一老者对他们说："别砍了，这是千年古树，也是你们的救命树。"大伙儿来到古树下，谈及梦境，商议放下挥向古树的斧头，保护这棵神树。

关于这棵古树的神秘色彩，当地族谱曾记载这样一句话："位低而洪水不至。"千百年来，这里发生过难以计数的洪涝灾害。洪水泛滥，从各个山头直冲来的洪水向寨子卷去，只有这棵树安然地在风雨中支起巨大的"避雨伞"；当大旱来临，这里无端地会涌出一股甘冽的清泉。无大旱时，则甘泉自闭。故而，这儿流传着"楠木树下无亡人"的佳话。

曾看过一篇小文，陕西省宁陕县有一座城隍庙，自建好后就没有翻修过，每次暴雨和洪水经过，都不伤其秋毫，洪水一到这座庙宇旁边就会改道而行。对于这座"敢叫洪水绕道走"的古庙所渲染出的"神力"，后来有关专家给出了答案。原来，这座城隍庙在建造时，建造者将建筑中轴放在一块天然巨石上。这块石头正好挡住了洪水的冲击，起到了中流砥柱的作用，便有了"洪水为庙宇让道"之说。

但对于地势相对较低的这棵古树是如何应对洪水、如何保护村民，就没办法追根求源了。

在自然生态中，凡有一定年份的古树，都有"生意既寂灭，枯干犹曲卷"（清·弘历）的迹象。福建南平，有一棵古樟树，被16级大风拦腰折断而生机不减；江西上饶，有一棵树龄千年的红豆杉，在遭遇雷劈之后，树心被掏空依然屹立不倒，枝繁叶茂。楠杆的这棵被称为亚洲楠木王的古树，有着同样的命运。五根树枝有三枝不幸被折，另外两枝却绿意正浓，焕发出勃勃生机。它们像握紧的拳头，向上天宣示着什么。千年来，古树用青春之绿，激活这片土地的动能，飞扬这座山寨的激情。

最令人惊奇的是，树干的正中上方分桠处还生长着一棵金色的棕树，估计也有百十年的历史。棕树倚在古树上，极像孙辈依偎在祖辈的身上，傲立风雨而不离不弃。

站在树下，仰望长空，微风带着斜阳穿过树叶，一种心身愉悦感，顿时直冲而来。在每一片穿过斜阳的叶子里，一种千年积存特有的高贵与纯洁，一种千年淬成的刚毅与坚韧，一股跳出千年之外高傲又虚幻的姿势，在古树里生发而出。

"溪深几曲云藏峡，树老千年雪作花。"曾谪居贵阳的明代理学家王阳明，在一个雪后放晴的午后畅游乌江，感叹一棵树的风姿——如盘似盖的树冠，在雪野里花一样绽放。先生有没有来过楠杆，有没有抚摸过这棵古树，无从考据。但他那夸张的手法，令我们在邂逅这棵古树时，都会和着先生一道唱起："遍行奇胜才经此，江上无劳羡九华。"

1500年前，楠杆土家人先祖翻过一山又一山，爬过一岭又一岭，历千辛吃万苦，终于在这里觅得一块生息之地。后又求得14棵金丝楠木苗，为取六合八荒之意，他们在村寨所属山头、村落分别栽植。在他们的精心护理下，14棵金丝楠木苗苗壮壮，长成了参天大树。经过风雨洗礼，有13棵枯落岁月，滑入尘埃，惟这棵金丝楠木独木成林，生机盎然。土家人在这里休养生息，瓜瓞延绵；将此地命名楼房寨（土家山寨），并建庙祭祀，年年岁岁，告慰先祖，祈福平安。

千年光影交错，雨露交融，神秘、缥缈，古树成了远古的神话，成为山寨精神图腾，成了楠杆人的灵魂。村民与古树朝夕相处，一代又一代在这棵"千年神树"的庇护下，风雨无惧、烈日无惧，用汗水描绘出一幅又一幅时代画卷。

在这里，孩子一出生，都要来拜会古树；逢年过节，都会为古树披红挂彩，祝福古树；哪家有红白喜事，都会来祭拜古树，祈求庇佑。香烟缭绕，供品不断。古树以千年不变的姿态，笑脸相迎着每个来人。

写到这里，你会知道古树所在的乡为什么叫楠杆乡了吧。无论怎么样，一定与这棵古树有关。

朋友说，离楠木王所在地五公里处的大林山，还有一片古树林，面积有两平方公里之多。古树群种类不少，那里有菩提树、榉木、红豆杉、银杏，当然更多的是金丝楠木。

说着说着，只见这个土家族的朋友，深深地向古树鞠了一躬。眉宇间，几多虔诚在跳动。

泉口读石

"千峰当此境，谁可共登临。"当爬到泉口石林，放眼望去，满目峥嵘，猛然间，宋代诗人释斯植神清气爽地与石林对话的神态，勾勒在眼前。

久慕泉口石林，终于在一个雨后初晴的春日，得朋友相邀，驱车一个多小时，如愿以偿地穿行在一大块一大块千姿百态的巨石织成的石林里，触摸着一页页时光刻进的书页，于那种巨大的静穆之境，生发出来各种惊魂掠魄的感叹。

早在学生时代，曾与朋友相邀游玩过云南石林。在淡淡的天空下，石林直立突兀，它如工笔画一样清雅恬静，如梦境般虚幻。诡秘神奇的大石林，如一个摇羽论剑、饱经沧桑的长者；玲珑剔透的小石林，像清新俊雅、风度翩翩的少年；禅意弥深的长湖，则似风情万种、渴求灵魂释放的少女。这里，有从盛唐传来的嗒嗒的马蹄声；有从某一个石缝里，传出的"我愿在云海中掩饰着你，也愿在黑夜将爱情抛弃"凄婉的歌唱声。那时年少，喜欢做梦，喜欢联想，喜欢比拟，喜欢英雄般剑气凌云，喜欢追根溯源。许多年过去了，云南石林的故事，一直行走在心中。

黔地有句土话：有山便有石，石聚则成林。呈九面斜坡的泉口石林，有着"万亩艺术石林""喀斯特魔鬼城"之称，总面积达一万亩之多。作为奥陶系的"直系"，泉口石林在五亿年的时光里，沿着斑驳的竖纹，慢慢地伸展着。它们肩并肩，手挽手，在风蚀雨削中历经生死轮回，巍巍然向天地递出了一张坚硬的灰白色出生证明，向世界传递出一张简单又不失华贵的名片。

"更欲寻诗伴，相携向石林。"造物主的奇思妙想，成就了大山风貌蛮荒，展示着自然大美的恣意狂放。泉口石林的岩石表面，有的呈龙鳞甲状，有的像经过雕琢打磨过一般。放眼望去，层峦叠嶂，神秀挺拔，一派匠心的自然。它们的形态各异，"横看成岭侧成峰"，用坚硬的方式，组成一片一望无垠的巨大石阵。它们的神态逼真，如鸟兽，如人群，如莲台，如楼阁，高低错落，伟岸嵯峨。它，应该是时光的宠物。在每一步的行进中，每一块石头的跟前，都会幻化出一幕大戏。人间的过往，无声的故事，在一块块石头里品读、聆听、演绎。

山风微拂，岁月静好。穿行在石林，就像穿行在大地博大又包容的诗行之中。粗粝，刚硬，悸动，温暖，人类与石林命运共融的生态，在青白色的光里折射着，解读着。

这是一个远古的神话故事：远古的怪兽见人就吃，见水就喝，就连石林也不放过，它将泉口的水堵住，导致下游停水，大山没有鸟鸣，山寨断了炊烟。玉皇大帝得知此事后，派山王下界收服，并赐予他三个脑袋、三张面孔、三双大手。山王不辱使命，一双手撑日月，一双手握斧钺，在泉口一带砍出一片生机。收服怪兽后，又奉命在这儿繁衍生息。率部落300有余，深耕细耘，将山寨经营得井井有条，打理出人间仙境。为防止再有怪兽扰乱当地生产、生活，玉皇大帝赐山王一众，就地成仙，从而成为石林的一道风景。

如果细心的话，不难发现，远处、近处散落着300多座大大小小知名的、不知名的石山，列队般环绕着一座高耸入云的"将军山"。如果不惧劳累，爬上将军山，伫立山顶眺望：向南，有水波浩渺的天池、有风吹草低见牛羊的万亩草原；向东，是苍茫浩瀚的大山，是炊烟飘香的村寨。被神化的眼里，闪亮着峰峦奇秀、鸟语花香的绵绵青山，烟岚翠霭、牛哞羊咩的丰饶田园。

如今，泉口方圆百里庙宇供奉的菩萨，是三个面孔、六只大手的神像，周围有小菩萨护卫。就是纪念这位舍身成仁的山王。

刚到黔地时，看到宣传册上一尊石马的标志，被那生动的表情、逼真的体态、雄健的身形而深深地吸引。这尊石马所在地，就是早在清朝被评为"思南府十景"之一的泉口石林。

关于这尊石马，有很多传说。一说，此石马曾是石怪。每天一到深夜，便跑到四周践踏庄稼，鸡叫天亮时又恢复原状，寨民为此苦不堪言。后来，石马被一阴阳先生作法敲断尾部一段石块，石块落地即变成一只马脚，从此石马就再也不能动弹，作祸山寨了。一说，这是隋唐时入黔始祖田宗显的战马，随主人征战南北来到山寨，以身殉职，被上天点化成马神，日夜守护主人，佑护其后裔。

我始终相信后一个传说。马，是天池龙种，是一种生灵。如鼓的马蹄、冲天而起的马鬃，"马作的卢飞快，弓如霹雳弦惊"。石马，在天地之间，已划出一条条波动的弧线。

石马下方，曾建有一座寺宇，向北不远处，便是隋唐庸州遗址。"石马，乃古庸州地。唐武德初年，以其地当牂牁之冲，苗夷叛反不常，故设庸州之治以弹压之。"当地族谱对此也有记载。如今，寺庙已了无踪迹，隋唐庸州府遗址也没有找到。只能从偶遇的老人手指处，揣度它们位置所在。

"石马，为田氏祐祥祖后裔的代名词。"陪同游玩的朋友张金宁，对当地历史人文颇有研究。站在石马旁，抚摸着石马，他给我们讲了这段关于石马的故事。

入黔始祖田宗显十四代孙、庸州衙署首署田祐祥，曾功授左武大夫、都练使、果州团练使，追贼至泉口石马，见该地山清水秀，良田万顷，实乃鱼米之乡，便立庸州衙署于此地。田氏以此为基，瓜瓞延绵，后裔发展数十万人，遍布大西南，成为一地旺族。守护他们的石马，也成为黔地重要的地理标志。

在石马下方，刻有一块简陋石碑。碑文为郡人安康作的诗。安康是景泰四年（1453）举人，历官户工二部郎中，当过云南澄江府知府。当年，他出游泉口，望着昂首朝阳、叩击大地的石马。似有风卷长鬣、萧萧长鸣。睹物寄情：名山之上，石马兀立，郁郁葱葱的山，云气袅袅宛若蓬莱仙景，"大完气象由天造，西极精神岂匠裁"。他想起自己征战南北，单骑深入匪窝，"以示威德"而政声大著。自己的故事不正是雄马的故事吗？他顿了顿，感觉到一种精神、一种象征、一种哲学和宗教的意蕴扑面而来，他要将题咏献给诗圣杜甫。于是，大笔一挥，用"风过不闻嘶紫陌，春来惟见长苍苔"，写下石马当年的雄风和自己壮志未酬的感慨。

作为天地精灵，石马所能做的，就是将其精粹托付给"贯天通地"的石林。风里，雨里，站成一部浩繁、壮烈又风雷激荡的民族生存史，热烈又沉默地守护着这座山寨，守护这世间最纯美、最笃定的忠诚。

"石马，我还会来看你的，为了传说不再是传说。"

作别石马，张金宁说，我也说。

客串 "古村28渡"

在黔地，有人推荐了当地短视频号 "古村28渡" 给我。带着一种不以为然的心态，打开了链接。想不到这个链接一打开，便打开了另外一个世界，打开了对古老村寨的全新认识。在视频画面里，一个戴着鸭舌帽的中年男子，激情飞扬地讲解着古寨的一花一草、一枝一叶、一砖一瓦、一耙一犁。那神态，似乎早就沉浸在幸福之中。

于是，这个德江大寨村以及关于它的短视频，深深地烙进了我的脑海。那个蹿红全网的 "古村28渡"，也窜进了我的梦里。

一个细雨纷纷的周日，终于如愿以偿地来到这里，体验了一次 "网红打卡"。

从县城到大寨村只有20公里路程，却花了差不多一个小时。翻过形如波涛的山坡，爬过状似鲤鱼背的山脊，穿过 "卡门" 般的石林，当汽车走上悬挂在山崖的公路时，猛然就看到窗外如利斧削过一般的层层群山。一片片轻柔如纱的薄雾，在对面梯田间、山花间、树丛间流动，柔和浩渺，凝重而又弥漫。迷迷蒙蒙的云雾中，突然一道白练似的高速公路，像奔腾的乌江从山崖里挤了出来。两岸白雾，摆弄着各种轻盈柔美的姿势。这时，数十栋红壁黑瓦的民居，在荡着细碎波光的云雾中，若隐若现。我忘记了山崖公路的危险，疏忽了公路那头等待错车的汽笛，打开车门，信步走了下来，一个劲地抢拍着对面的风景。

同行说，沙溪大寨村到了。

见到 "网红" 刘杰，他正在指挥修复寨子前面的吊脚楼。这位来自贵州省文化艺术研究院的副研究馆员，瞄准了这块"中国传统村落"金字招牌，成功举办了首届"贵州千重岭"乡村文化旅游节，成立贵州千重岭农文旅产业发展公司，引进"古村乐乐"新媒体资源。"古村28渡"就是他发起创建的。

见我们冒雨赶来，刘杰连忙打着雨伞迎接，兴奋地领着我们走向寨子。

村中族谱记载，悲壮而豪放的先民们，在明洪武三年（1370），从四川顺庆府东溪沟出发，一路悲歌，见这里古木参天、野兽成群而停下脚步，打下了第一根桩，敷下第一堆草木灰，唱起了第一声山歌。这个小寨子，就这样诞生了。他们以群鸟为伍，以耕地、狩猎为生。得乌江之利、武陵山之便，勤劳勇敢、憨厚朴实的先辈们，创造了独特的土家文化。山寨也因人多、村大而得"大寨"之名。

时间延绵600多年，山寨珍藏与铭刻着自己繁华又简朴的历史。200多座土家特色的"吊脚楼"，均为坐西向东顺山势而建。在吊脚楼之间，逼仄出一条幽深的古巷，向上纵深开来的青石板路，极像一条通往天街的隧道。一条约150米的古老石板路，将上、下两排建筑连接起来。上排建筑群短而疏，下排则长而密。上下两排建筑台阶和屋檐，与石梯路形成一个大大的"工"字形状。

古寨四周建有厚实的寨墙，但在时光的磨砺中这些寨墙早已坍圮。下排建筑相对古老，厢房居多，工艺也相对精巧，有纯木八字龙门和辅佐龙门，院内有石院坝、细錾长条石阶檐、雕花磉磴，多配有雕花窗装饰。各建筑之间的连通小路均为小石板铺就而成，路边都有大小不等的石块堆砌，形成若干条巷道，让这座古寨多了一份视觉上的高低起伏。

上排阶檐的建筑，除了与石梯路连接处的部分房屋为古时所建外，其他则为近代所造。站在一座名为"虎座龙门"的寨墙门口，槽门并非方正，风门却与它不为同一个方向。转身往里瞅，只见里面一层叠着一层，屋角与光影刚好成为对角。踏过寨门，一种穿梭在时光隧道里的感觉油然而生。一步一步朝里走，石框中那些剪碎旧事的记忆，似乎在发亮的石板上铮铮回响，告诉来人这里曾经发生过的悲欢离合的故事。这段古老残墙，油光发亮，显现出斑驳与沧桑。那门槛下呈半圆形的石板、门顶上贴着"五福"的门神、门口迎接我们的老人，一定蕴含着古寨的千年民俗与万种风情。

细雨，仍旧纷纷扬扬，但刘杰没有放慢带领我们穿行于山寨的脚步。当来到村口金丝楠木群时，他突然停了下来。

这是古楠木群。枝干遒劲盘曲，错落有致。看起来带着古朴特色，但它们依旧青春焕发，似有春来滴翠之神态。树，是山寨人的生命所托。爱护古树，是大寨人的家教家训。他们以树为本，以树为美，植树成癖。对于那些先祖种植的或自然生长的古树，更视为祖传家珍，世代守护。

走进古树群里，历史的辽阔、空灵，如同树叶一拂。在这里，人类是最渺小的，也是最伟大的存在。在这堆古楠木群中，有两棵古树，像双胞胎兄弟，齐刷刷地站立着，估计有着数百年的历史。刘杰指着"树哥哥"说：这棵高达35米、胸径近3米的"树哥哥"，树丫长得极像正竖起的五指，告诉我们扎根深山永不言悔的向上力量，告诉我们自强不息的坚毅笃定，告诉我们敢向恶劣环境宣战的英勇豪气，告诉我们追求美好生活的信心勇气。你再瞧瞧那个"拇指"，不正在为勤劳勇敢的大寨人点赞吗？在刘杰的眼里，古树是那样的精彩传神，那样的生机盎然。

古树下，有一座古色古香的庙宇。庙前还有三棵古柏树，年龄也有上百年了。三棵古柏，像三根檀香，插在古楠木和庙前。古楠木、古庙宇、古柏树，它们安危相依、祸福相依，聚合和分散相互形成。这块带着远古的芳香的土地，便是大寨人每年春节玩耍花灯出灯时参拜之地。"别看这个小小的山寨，古树群有七八处之多，古银杏、古枫、古杉、古柏，树龄不乏上千年。这些古树，刻录着山寨陈年的时光。"站在雨中的刘杰，满脸兴奋。

庙宇缕缕青烟，在古庙、古树间，浮漾、飘动、缱绻、盘绕。既而，变成一幅气韵生动的水墨画。

文化多元，特色鲜明，作为古老民族生生不息的养分，随着点点击鼓声穿越古今，昭示着大寨人顽强的生命力。仅有300户1000来人的山寨，汉、土、苗、仡佬等多族兄弟，就像山雀与树林一般相依相融。

来到寨子最早的建筑"上屋堂"，看到"京兆堂"三个大字赫然立在神位上。京兆堂可是皇族一脉，从长安城边一直向外拓展。当年，大寨的先民带来了古老的中原文化，驾着柴车，穿着破旧的衣服，在这里开辟出一片生存的天地。

600年来，山寨汲取乌江大河般的智慧，展现着激昂的土家人情怀。古寨里的花灯、傩戏、丧礼、山歌、儿歌、哭嫁歌、哭丧歌、板凳戏、建房歌、吹唢呐、打响器等民俗，像山寨的树林一般蓬蓬勃勃。传承生态文明的"楠木王香会"，在每年农历六月十九日举行，成为大寨人不可或缺的传统风俗。

每逢重大节日，山寨男女老少，身着民族盛装，聚集在"坪堂"前翩翩跹跹，唱起欢快的民族歌，跳起缠绵的民族舞，唱得群山起舞，跳得百灵和韵。然而，山虽美，水虽清，交通闭塞，受外界的影响非常少，村民尚没有走出大发展之路。在精准扶贫、乡村振兴中，深植于大寨人心底的种子正在破土而出。

做过导演、演过电影、当过歌手，还兼职某大学教授的刘杰，刚入寨子，就带领村民用文化娱乐丰富业余生活。每晚八点，寨里锣鼓就准时敲起来，土家舞蹈跳起，土家歌谣唱起，幸福生活"嗨"起来，山寨的旅游文化由此而丰富起来。

曾被历史重笔描绘的大寨，如今又被来来往往的游人着上水彩。蓑衣，斗笠，油纸伞，吊脚楼，与摄像机相得益彰，将600年的山寨拉得很远又拉得很近。

　　"千重岭，或许在外人眼里，还是落后、保守、信息闭塞的山寨，但悠久的传统文化，酿就了'古村28渡'这坛老酒。"刘杰习惯性地抓了抓鸭舌帽，向门外望去。

　　那里，一定有古寨的诗与远方。

在飞雪中穿行

这是新年的第一场雪。尽管前两天山寨已为这场大雪谱了前奏曲，在山寨的背影处尚看到一本书那么厚的残雪，但我这个来自岭南、几乎没有见过大雪的人，看到鹅毛大雪漫天飞舞，一走下车，便疯狂地扑向雪地，与大雪来了个深深拥抱。

从县城驱车十来公里，在羊肠般窄小的山路行进，曲曲折折，拐了十几道弯，当越过一座当地人称的"神仙桥"，爬过一座座形若四块木板组合的山壁，视野一下子就开朗起来，层层梯田荡漾着浅浅波纹，座座山峦起伏着蓬蓬雪松，带着一丝丝不为人知的高深意境。

这是地处乌江之滨的德江县钱家乡平安村。古寨上通还料（今长丰石板一带）、荆角，经官林驿道再到黄家堡（今长丰乡政府驻地一带）直达务川，下至德江县城，通新滩、夹石、望牌等渡口出重庆秀山、酉阳，便是乌江油盐古道。当地人说，这儿曾因疯长了一大片枫香古树，而得"会林"别称。只是这个"会林"，让人感觉到老叶飞落、乡愁满怀、寒生露凝的悲怆感。故而，除了几位老者在书信里慨叹外，很少有人提起了。

平安村的祖先，有着精明的经商头脑。农时，耕耘田地；闲时，拓展水路。将山寨的土特产挑到就近驿站或乌江滩头，再从那里带回盐巴，使山寨的乡风与沿河的文化，相互交融起来。至今，村头还保留一块块沁满汗水的石板路，一座油香四溢的古榨坊，仿佛在印证着当年人来人往的辉煌。

雪花簌簌自天而来，洞水哗哗从山洞流出，遥相呼应。山间的溪水，在雪舞中，依旧缓缓地流着，哗哗啦啦地响着，炊烟依旧呼啦啦地冒着。只见前头布满青苔的岩石上，一条瀑布飞溅而下，铺成细细的纹理，像一块块精美的丝绸、一层层薄薄的细纱，娇滴滴地亮着一层水渍。山寨房屋，多依山傍水，土家吊脚楼与新修的小洋房，如灵动的音符，在山岭或山洼间，相互点缀。而间或几座旧式的木房，像一个个老者，站在山水之间，在雪影里格外引人注目。

"村府大楼"后面，耸立着一块两米高的石碑。碑中赫然镶刻着"泽沛甘棠"四个大字，圆润，不乏苍劲。甘棠，又称棠梨树，作为一种乡村念想，早就载入《诗经》。北宋时期政治家王安石，曾作诗云："诗歌甘棠美召伯，爱惜蔽芾由思人。"他认为，做人做事，都要珍惜当下，用大忠诚去播种大爱，这样"岁久更为时所珍"。

站在碑前，突然想起来黔翌日，在拜谒梵净山时，朋友在那里求得一签。黄色的纸条，藏着几行清秀的毛笔字。"毕竟春雷起困龙，如腾似舞出云端，乘时变化功无限，泽沛甘棠洒九重。"朋友懵懵懂懂拿着纸条，一直在揣度着签中真实含意。

而这块立于"中华民国八年孟秋"的石碑，带着山寨体温，是不是用无言的文字，张扬着一路风景？

寨子里，刚好有人摆婚嫁酒，全寨上上下下都来道贺。好客的主人，递过烟，端上茶，唠上家常，热情招呼着。

站在这座刚落成的新房前，良田沃土之下，是一条小河，对面则倚岩壁立。延绵起伏数公里的石壁，俨然一幅水彩画挂在天际之间。"画"上，有青藤，有崖柏，有雪地山羊。再细细看，在岩石缝隙内，竟然矗立着一尊观音。慈悲端庄的观音，双手合十，头向山中微倾，在飞雪中若隐若现。

"倘若有个清闲时日，晨观日出，夕映牧归，那是多么的富有诗意。"曾在这里担任村第一书记的曾明，在我跟前伸出拳头，然后又缓缓打开，指着前方说，这里的山势就是"五龙归海"。他往跟前的几座山峰比划着：这是岩上，这是小独岩，这是大独岩，这是青龙岗，这是峰岩，五座山峰形成五条河流，汇聚成下面的洗马河（滩），奔向滔滔的乌江。

"五笏巍峨冠海东，巨灵伸手欲摩空。夜来遥见峰头月，一颗明珠弄掌中。"真不知不凋先生写的那首脍炙人口的《咏五指山》，是在喻示着他的手势，还是前面那五座正飘着鹅毛大雪的山峰，它们已穿越千年，在一朵朵雪花中，拉开雪地山寨的帷幕。

"那座独岩，四周是悬崖峭壁，上面有一座名叫'普陀寺'的寺庙。"曾明说，过去寺里的师傅、香客，是靠铁链作梯爬上去的。可惜在那个特殊的年代，立在岩上的寺庙未能幸免，遭受摧毁。残存的石碑、石墙与雕刻在石头上的诗画，年复一年，倒在荒草丛中。就连作为梯子的铁链，也被人拿去打制锄头、犁耙。

普陀寺？这可是名扬天下的古刹。在岭南，人们一谈到普陀寺，指的就是位于厦门的古刹南普陀寺。早在五代时，就有高僧在那里结庐、梵修。十年前，我曾去过一次。那天，恰逢盂兰盆法会。舒缓的礼佛声与淅沥的飘雨声，将寺院缠得朦朦胧胧。时隔十年，"以此兰盆供善根，报答父母劬劳恩"的《盂兰盆经》诵读声，仍在脑海里回响。

而这座藏在无名山头上的寺院，又有怎样的规模，配得上"普陀"二字呢？

古寺，立于五龙之中的普陀岩，能立于如此峻峭岩石的寺院，环岩头而建，信徒肯定众多，香火一定鼎盛。"我曾经爬了一趟普陀寺。"曾明说。那天，他们环"独岩"走了不远，见一悬崖，便端好楼梯，爬了30多级梯方才上得山顶。寺院遗址两亩见方，一只石香炉，突突兀兀立在残垣断壁之中。龙门、石桌、石凳、碓、水缸等一应俱全，佛堂与生活功能区相互分开。寺院早已败于一堆堆瓦砾之中，荒草疯长的山头，昔日的红砖碧瓦，早已被狂野的草木给遮蔽了。寺院建于何时，毁于何日，以及深藏在这里的历史秘密，均没有清楚记载，无法追溯山寺开山历程。属于山寺的故事和远古神话，淹没在这座山寨之中。

有着脱胎不凡的气质，秘隐于深山，普陀岩与相隔150公里的梵净山，遥相呼应着。

说来也巧，平安村的普陀岩，与顶着"天下众名岳之宗"光环、诞生"四大皇庵、四十八脚庵"的梵净山，均处在武陵山脉深处；均是陡立在大山之中，靠拉着铁链方能到达向佛之所；均是状若飞天游龙、红云瑞气常绕。更加离奇的是，它们都有一个睡佛。梵净山的睡佛，仰卧在山顶，长达万米。而普陀岩的睡佛，则在相隔不到二十里的潮砥。山是佛，佛是山，孪生兄弟般，滋养一方山水，成为人心向善的道场。后来，我们在梵净山寺院里还真的了解到，普陀寺就是梵净山深山古寺的分支。只可惜，没有查取到更多资料。从梵净圣土到普陀岩，人们又是怎样跋山涉水，将一卷卷经书、一块块瓦片、一根根木头，搬到上百米的悬崖顶上？

"寺庙道观占尽天下好风水"。不知是哪个方丈接过梵净山古寺住持的青灯，一路前行。山环水抱，正是清净之所的普陀岩，被他一眼相中，他在当地士绅张财主的资助下，在此建寺。但普陀寺真正香火鼎盛，当地也成为远近闻名的"会林"寨子，是在三百年前的一天，那个叫张明三的香客，来到普陀寺上香，见香客上山十分艰难，便出钱在上面装了一根铁链子，供香客、行人上下攀爬。一直为未有生育苦恼的他，妻子竟然在次年生了一对双胞胎儿子。这件"因果善事"，一传十，十传百，前来烧香的香客更是络绎不绝，在声声的梵音里，盛开成山寨时光的花朵。

数百年间，远近山寨的村民，眷恋着这个富庶之地，纷纷汇聚在这里，依山而建，傍水而居，沿着五座山峰一条条狭长的山谷，建成了上百幢吊脚楼。他们住在层次明朗、繁衍兴旺的平安村，如同生活在美丽的画卷之中。

　　站在土坝上，随着曾明的手势向四处望去，大朵、大朵的雪花，自天空飘来。苍莽群山，在雪花中若隐若现，勾勒出一幅无比空灵的画面。雪花，在五座大山里豪放地舒展而来，潇潇洒洒地飘摆而去。普陀岩的气场，从以岩为山的那边弥漫而来，任流水潺潺，禅意灌满了整个山寨。

春到山寨桃花艳

壬寅年春分时节，难得的一个晴天。家住老厂山头的好朋友周兴，发来一组"黄莺绕树，春声犹涩"的照片。眼球，顿时被照片抢了过去。他说，这样一个风日晴和之日，何不"踏马"山寨，来一场不期而遇的约会？

汽车虽是一路颠颠簸簸，但车窗外一树树迎风招展的桃花、李花、梨花，一点也不含糊，抢过路际，掠过眼帘，向来人含笑示意。

老厂，是位于黔地德江县平原镇的一个山寨，位于铜仁与遵义两市的交壤。进入山寨，看到的是天然喀斯特石灰岩山峦，山石嶙峋、奇洞通幽，古树参天；脚下则是清澈的井溪沟水库，碧波万顷，生机盎然。古树下，几位老人正在惬意地聊着天。寨子里，保留尚好、沿溪而建、带着深红色的老木屋，在青山绿水的映衬下，显得古香古色。

周兴家门口有三棵古榉树。至于树龄，没有人说得清楚，即便上面有一块"保护牌"，也只是说明其为古珍稀树种，未有证实树龄的文字。当地老人说，这些古树少说也有八百年。看来，老树已乐享了八百个"千花百卉争明媚"的春分了。

老厂，虽处在深山之中，但藏在山头的桃花，恣意盛开，张扬在春天的脚步里。层层叠叠，从山的这头铺到那头。我曾怀疑过周兴发给我的照片，是哪个公园里的风景。真来到这里，举目所至，漫山遍野铺天盖地的桃花，还未待绿叶吐芳，便一个劲儿钻了出来，先开为快，争相报春。

周兴开玩笑说："这满山的桃花，都是听说有远方的客人来访，便在昨夜一夜绽放开来的。"他还说，每当桃花盛开，芬芳四溢，穿过山隘，就可以飞进邻县人家——这是何等壮观的景象。虽然，这山隘全是石头，但桃花就是穿过石岩的那阵风。无论是水岸边抽芽的柳树、田地头斜飞的燕子、头顶上和煦的阳光、还是游弋山寨里各种叫不出名的小鸟，用春天的暗语催情，让报春的桃花显得格外妖娆。

"崦合桃花水，窗鸣柳谷泉"（唐·顾况）。在古典诗词意象中，桃花是春天的隐喻。不张不扬，直击着寒冬，用一朵朵红里透白、白里透红的花朵来迎接春天，成为人们对美好生活的向往。当穿过阡阡陌陌，攀过枝枝藤藤，踏过"泥泥坎坎"，来到老厂的石坝上，却看到桃花的另一种隐喻。站在那里，看着桃花林间跳来跳去的小鸟，花蕊里的蜜蜂，花朵上翩跹的蝴蝶，与唐人陆龟蒙进行了穿越时空的对话："愿此为东风，吹起枝上春。愿此作流水，潜浮蕊中尘。"老厂这个山寨，不正是我们寻求远离尘世喧嚣的乐园吗？攀着桃树，望着桃花，不由得长叹一声：愿此作幽蝶，得随花下宾。

置身老厂桃园，暗香沿着一树树、一朵朵的桃花袭人而来。或灿烂而热情地绽放，或含羞吐露，借着翠绿的树叶，犹抱琵琶半遮面，它们塞进了满山的粉红、注进了满山的芬芳。蜜蜂、蝴蝶、山莺，含着淡淡清香的桃泥，在整个坝上上演着一场春天的活剧。

远处，传来"叮当叮当"的梆铃声，音乐般响起。一头头黄牛，列队般从对面山沟里缓缓走来。放牛的老者指着对面的石壁说，这石壁就是"洗锅岭"。岭的那边，便是遵义市的绥阳镇了。

这里是德江、务川、凤冈三县的交壤之地，形成一个直径约1000米的天坑盆地，盆地西部，两座山之间形成一座扇形石壁。石壁光滑、陡峭、雄伟，高180多米，上部有一条长120多米的天然横跨石壁的栈道。石壁下部正中有一道高约100米、宽约50米的天然拱形龙门，龙门石壁上石头盘踞缠绕，形似两条腾空而起的石龙。石壁里面有一洞府，洞府里有石锅石灶。每逢久旱不雨，当地人便带着虔诚，来洞里取水洗石锅。通过这样的仪式，祈求来一场及时雨，浇灌地里的庄稼。

在石壁下，还有一个大坑。老爷子说，几十年前为了采集硝石熬制硝药，有几个胆大的后生仔带着绳子，深入到坑下面。发现底部的暗河旁边石台上，长着一朵硕大无朋的灵芝。灵芝边，有一条蟒蛇盘踞着。望着吐着信子的蟒蛇，那些年轻人再也不敢靠近。于是，"谈坑色变"，没有人敢越坑半步。

耸立在跟前的石壁，完全是一幅水彩画。"坝眉"上，有一头石龙守住山寨。坝下头有一座偌大的山洞，两个傩戏面具紧贴在洞门上。据说，当年的黄号军在这里聚众起义，"杀"向务川、凤冈等地。这个高山之上的"盆地"，如果蓄上水，一定是一座无限风光的天池。与下面的井溪沟水库，一个形似太阳，一个貌如月亮，日月同辉，那是山寨的另一种景象。

作为三县门户，老厂自古就紧依盐油古道。周兴的家在古道旁。一块块磨得锃亮的石板路，一路沿着被称作"猫猫丫"的山岭，向务川、凤冈两县拓去。

"猫猫"，当地人指老虎、豹子之类的凶猛野生动物。曾经这深山老林，虎、豹、土匪时常出没（当地人讲，现在仍有豹子出没）。周兴说，这条古道，从他家到猫猫丫山顶，有9900多步石梯。过去，这里繁华得很。

盐，百味之祖，与阳光、空气和水一样，是我们每日生活的必需品。但黔地自古不产食用盐，要靠进口川盐度日。于是，一条条盐油古道，像人的身体神经一样纵深在川、渝、黔、湘之间。老厂这条蜿蜒蜒的古道，在大山深处的时光里，晃晃悠悠，穿过重重迷雾，走向另一座山寨，另一个驿站和码头。

我曾在一本史书上发现，当年川盐入黔主要经过仁岸、綦岸、永岸、涪岸等四大口岸，其中对贵州影响最大的是"涪岸"。它是以涪陵为转运点，即是将四川富顺、荣县和犍为三地所产食盐运抵川境涪陵，再溯乌江经彭水至龚滩、新滩、潮砥滩，盘滩多次，通过水路再经陆路，盐商通过挑夫穿山过寨，将川盐送到黔地，流入墟市，进入千家万户。依托于这古老的运输通道，将当地丰富的土产资源，如粮食、木料、药材、桐油等运送出境。这样一条条盐油古道，成为古代贵州的一条条"黄金大道"和"生命通道"。

在古道延伸的最高处，便是远近闻名的猫猫丫山岭。山隘处有一块平地，有用石料建起的一座占地三亩左右的庙宇。上方又有一丛峰尖上的山顶，同样有一座用一块块方石建成的小庙。爬过一块形如刀尖的石峰，站在仅容几人的山尖上，但见山风夹着桃花的芬香扑面而来。举目远望，四周豁然开朗，大有一览众山小之心境。

据说，三百多年前，有一个盐商，六十多岁尚无子嗣。那天晚上，途经老厂借宿。梦中一位白发老者俯在盐商耳边，说他是梵净山的菩萨，想到猫猫丫来坐享香火，若能帮他在这里修庙安位，让他接受供奉，便能保佑其子孙满堂。说完，那老者便化成一块红色的盖头，飘向猫猫丫主峰。第二天一早，盐商爬到猫猫丫山顶，果真看到一块红色盖头。于是，他立即下山，募资建庙。不久，庙宇落成，香火鼎盛。

后来，这个盐商如愿以偿。他也就此落户当地，一生修桥补路，行善乐施。一年复一年，他与猫猫丫寺庙的故事，在方圆几十里外传开。谁家遇邪、谁家孩子深夜泣哭、谁家有人生了怪病，都朝猫猫丫方向许愿，到了农历六月十九再烧香还愿。那几天，漫山遍野见到的是还愿香客，比赶场还热闹。周兴说，他小时候积攒一年的零花钱，全用在六月十九前后这几天，在这里尽情满足馋嘴，品尝神仙豆腐、米豆腐、土家羊肉、"梭梭"、苦荞粑等等小吃，"巴适得很"。说得他，嘴巴流起口水来。

古道，穿梭于大山之间，迂回曲折于山腰，或比邻于山涧。我们发现，保存尚好的古道，霸气地沿着山脊延伸，路长至少有三公里之多，由规则不一的青石板铺成。

这条荒草深深的古道，是不是主要的川黔盐油古道，没有正史佐证。但透过这一块块浸淫汗水的石板路，古道残迹上流淌的岁月，依然温暖着我们缱绻难忘的记忆。

走在弯弯的古道上，碎金般的阳光洒落下来，整个山寨显得金碧辉煌起来。鸟语声、蜜蜂嗡嗡飞行声、山泉叮叮咚咚声、山头的喊山声，此起彼伏，不绝于耳。

遍地春花和泥土的清香，从古道飘来，又飘向远方。

"神秘傩寨"的乡村舞台

傩戏，是德江递给世界的一张亮丽名片。这个被称为中国戏剧活化石的国家级非遗项目，曾给这方山水披上了神秘的面纱。从岭南到黔东北，最抓住我心弦的是傩戏。甫入德江，我便扎进乡间，在当地朋友的指引下，到稳坪傩戏博物馆、新城区的傩戏小镇等，与傩艺师交朋友，与傩戏管理者称兄弟，不时被邀请去观看傩戏演出，欣赏这一古老的民间艺术。

对于德江荆角的印象，一直是含糊在杉树村"嬢嬢场"。如果不是当地朋友带队并介绍，根本不会联想到这里曾是一年一度的"姑娘"墟市。后来，也去那里看了牛角寨，层层梯田，闪闪金稻。站在这里，不禁想起庐陵人杨慎的诗来："高田如楼梯，平田如棋局。"倘若是春暖花开时节，布谷催春，白鹭翻飞，点破了水稻幼苗的嫩绿，那又是一种什么样的景象？

挂职行将结束时，突然接到朋友电话，邀请我去荆角参加当天下午的"文旅产业发展座谈会"。在电话那头，他还神秘地说，荆角有个"神秘傩寨"，"那里藏着一大宝——有108棵古树，其中不乏古金丝楠木"。

他说得神神秘秘，撩得我心里直痒痒的。虽然，第二天就要离开黔地回岭南了，尚有行李没有收拾，有好多朋友需要道别，但拗不过他"神秘"的语气，为"不让自己与这堆古树留下遗憾"，便毫不犹豫地答应下来。

天，下着毛毛细雨。车窗外，一幢幢时尚建筑随风而过，绵延不绝的黛绿色山体，在纷纷细雨中卷去，瞬间又卷了回来。我在猜想，荆角岩砥又有什么样的神秘，牵着我如此急切的心？

朋友正站在大路边上迎接着我们。"神秘傩寨"四个大字，艺术地嵌在树形拱门上。一张张立体傩面具，威威武武地贴在石壁上，与山寨古朴的石墙灰瓦，互为意趣，昭示着山寨的别样风情，增添了不少神秘。

往寨子方向走了大约300米，只觉得整个山寨被树笼罩起来。下方，有一口古井，井已封盖，股股清泉从井口里喷薄而出。古井边，有一座供奉着傩神的傩庙。庙宇四周，古树参天，造型各异，从从容容地展露着野拙的面容。跟前的一棵古树，就如同如来的巨手，在树丛里别具一格地矗立着——手腕、手掌、手指，惟妙惟肖，栩栩如生。朋友说，这棵古树已经碳化了，从寨上人记事起，就是这个模样。

细雨霏霏，琼枝沾露。整个古树群完全在茫茫大雾笼罩之中，决然感到这里所弥漫的岚霭，是有生命的，带着造化与生俱来的灵气。仿佛这场小雨，也是天地间刻意下着的一场温柔到极致的雨。

树叶繁茂，华冠如盖、密不透光。古树群里，仿佛被世人遗忘，有金丝楠木，有柏、有檀，有环缠数百年的紫藤，连体共生的古樟，有遥相呼应的"夫妻树"，它们互生互融，神神秘秘地组合在一起。尽管，风雨将世事洗得一件件褪色；尽管，寨上的主人坟丘在一圈圈垒大、增加，一张张黄了又白、白了又黄的纸幡随风飘舞；尽管，一代代闯荡的喊山者，来了又去，去了又来，但它们在这座山寨里，承受各种痛苦洗礼，慢条斯理地与现代风暴抗衡，木讷地雕刻着皱纹，雕刻着挂在瘤节上的时光。

朋友指着一条山路说，离山寨不远处还有一个山洞，当地人称"小傩洞"。洞口不大，却洞中有洞，能够容纳上百人。这洞是傩神住的，只有称得上当家的傩戏师傅才有权力去洞中置放傩具，修炼傩心。

苦于时间紧，不得不打消去小傩洞里头看看的念头，留下一桩遗憾。

世上对于"神秘"两个字，都是写满着艰辛，也洋溢着美妙。一条长着青苔的青石板路，沿着曲曲折折的小巷，从古树伸向山寨，伸向依山而建的吊脚楼。在这个雨后的下午，只见，层层薄雾从山寨升起、从树丛里幻化，然后飘向深远。远处的山，近处的水，眼前的吊脚楼，脚下的脚步声，将山寨涂抹成一幅水墨画。

看着我们的脚步停留在一座石墩边，朋友说起一段古来。清乾隆末年，出生湖南怀化的朱大巧为避战乱，举家落脚到这里。本来就有一身硬功夫的朱大巧，在山寨里更是苦练本领，拜遍当地名师。他乐于助人，好打抱不平，通过傩艺这一载体，逐渐树立了威信，成为当地大户。继后，又建起了占地十余亩、气派十足的朱家大院。大院门口，还摆上了一对大石狮子，院子里戏台、亭子、走廊、花池、"晒银坝"，一应俱全，就连房子柱础也比县衙的还要大。

黄号军头领胡胜海，见其家族武艺高强，影响力大，便动员他们加入了黄号军，与他一道举起反清复明的旗帜。同治七年（1868），清廷绞杀黄号军。黄号军因寡不敌众，余部被俘。朱家寨，也因此遭到满门抄斩。所幸的是，朱家有一婴儿当时放在数十里外的亲戚家，方才逃过一劫，留下朱氏一脉。

朋友讲到激情处，眼里透出一道光来。他说，小小山寨，借助乡村振兴的东风，擦亮傩戏这块金字招牌，将这座神秘的傩寨打造成集文化、餐饮和养生于一体的特色小寨，为当地群众走上小康大道注入新的活力。"别看这只有几百人的小寨子，外出乡贤多，在家的都是能人，寨里的传统没有丢，傩戏功夫依旧享誉周边山寨。"在一块傩面具下，他很自信地昂起头来。

说话间，走到一块能容纳数百人的大坪地。"神秘傩寨"乡村大舞台，就设在这里。除了每月定期演出外，寨民将每年的农历六月十九，作为山寨的节日，用自己的方式，唱傩堂戏，摆长桌宴，喝"麻

糖水"（当地米酒）、烧香祭祖祈福。在这个乡村舞台，他们将土家族
传统民俗文化与现代网络时尚元素结合起来，用远古的祈愿仪式、婚嫁
民俗民风等充满本土文化元素的舞台实景，为观众献上了一场精彩的视
觉盛宴，真实演绎了山寨淳朴生活，生动展现了乡风和民俗之美。一片
千年古树，一个不老的神话传说，在这群追逐梦想的寨民手中，托起了
歌舞升平中的乡村梦境。

　　舞台上，或龇牙咧嘴，或威武森严的"傩神"，随着傩旗一挥，
牛角吹响，木鱼、神鼓齐奏，罗裙翻飞。我的眼前，时间似乎也消失
了，只听得傩祭的鼓声，从树梢上传来……

洞佛寺的火光

大凡言佛的地方，必是一处清静之所。晨钟暮鼓，木鱼声声。月还在中天，就会传来早课的脚步，一丝丝清香飘向山岚，穿过小鸟的清梦，穿过崖头的晨露，隐隐传来朝圣者轻轻声息。即便站在远处，只要听到那声声清脆、澄明的钟声，一片树叶滑落，都会打开寺后的露滴。于是，有了禅意花开，有了渔舟唱晚，有了平沙落雁，有了一种信念的合十。

"山是一尊佛，佛是一座山。"而洞于佛呢？

鹿溪的洞佛寺，一定是由亿万年的地质变化而成。关于这座洞的历史，只有群狼掠过青山的叫嚣，只有三个昼夜的火光，只有火光里年轻的身形。这里，还有五个年轻的共和国勇士倒在火光里，至今以坟茔的形式守着这方山水，守着这方宁静与春光。

从德江驱车近一个小时，转了数十个"几"字形的弯，爬过"之"形的山，来到仅供一个人行走的"悬石路"。这条硬生生从岩石上凿了出来的道路，宽不足一尺，临岩石一边布满可以当抓手的青藤，另一边则是万丈深渊，稍不留意，就会落入洞底。

在悬石路走了300米左右，突见一个呈椭圆形大岩洞。站在洞门口，清风习习，刚才那种惶恐不安、噤若寒蝉的心境随清风吹去，神清气爽起来。

对面青山巍巍，一条白练似的瀑布飞流直下，与洞帘的淅淅雨滴遥相呼应。洞内有一尊缠着红布的佛像，如果不是门口一个个被炮击过的弹孔、一块块被烟熏过的痕迹，还真以为这是元代诗人卢琦笔下的"洞岭寺"，一定会把"古寺藏烟树，岩扉昼不扃。日高花散影，风定竹无声"的景致，嫁接到这里来。

洞门左侧立了一块碑，上书：剿匪牺牲的烈士永垂不朽。旁边还有一块石碑，碑记是洞佛寺烈士陵园简介。我跪在爬满青苔的石头上，用衣袖轻轻拂开碑上的尘土。在一个个带血的文字里，读着当年的血雨腥风。

1949年10月，北京天安门广场，一声湖南口音宣告"中华人民共和国中央人民政府今天成立了"。但大山深处的德江，仍被土匪所占。高山旋溪桶坪的曾广爱，持枪为匪，聚集三会溪、大宅头、旋风顶、高山、长丰等村寨200余名土匪，在这一带为非作歹。他们以这座洞佛寺为窝点，在德江及周边地区进行烧、杀、抢、偷、骗，搞得民不聊生。

他们盘踞的地方，就是这个四面绝壁的洞佛寺。洞门挂在悬崖上，下方有一个神奇的天坑，天坑面积10亩左右，深度100多米，靠唯一的沿山小道出入。洞分三层：上洞宽七八米，长十几米；中洞空间比上洞大一倍左右，可容纳三百来人，可堆放上万斤粮食，里面还有一股四季长流的泉水；下洞的面积与中洞差不多，可堆放数千斤柴草。每层均有狭窄不平的通道相连。在洞口，还有一道厚厚的石墙，设置着坚实的卡门。

由黔东北游击纵队整编的德江、思南、印江几个县大队曾多次进行过联合围剿，仍未拔掉这个"钉子"。

踞守洞佛寺的曾广爱，根本没有把强大的政治攻势和多次围剿放在眼里，依旧肆无忌惮，四处抢掠，并扬言："不拿长丰区的区长给我当当，就打到县城去过年。"

1950年农历正月初六，举国上下沉浸在欢庆新中国成立后的第一个春节的喜悦之中，但黔地德江仍没有节日的喜悦，盘踞这里的土匪气焰嚣张。时任中国人民解放军第16军138团2营营长的许纯孝接命，前往清剿余匪。

正月初九，在周边地区抢掠的匪徒被围剿后，余匪逃到洞佛寺并迅速关闭卡门。我军先以政治攻势劝其投降，再是引诱土匪出洞。凭着只有一条悬崖路入洞的天险，曾广爱负"洞"顽抗，还在洞里大摆宴席。正月初十的拂晓时分，忍无可忍的解放军，在洞对面安置小钢炮、轻重机枪，向敌匪进行猛攻。

经过三天的激战，在解放军猛烈的火力打击和强大的政治攻势下，曾匪弹尽粮绝，人心涣散，才放下武器，缴械投降。战斗中，副排长李光荣、班长杨光武、战士何志旦等五名同志献出了宝贵的生命。五名壮士血洒高山，为洞佛寺画上一道血色的长虹。

三天三夜的激战，是什么样的感觉？炮声，是否将整个大山揉成细灰，又自天空扔了下去？火光，在这几十个时辰里，如何把大山深处映向天帘？

七十载风雨，石岩上的炮灰、弹孔依旧闪亮在那里，成为一段历史的见证，成为一代代热血男儿的追念，成为一个故事的延伸。而长眠于此的五名年轻的壮士，他们的精神历久弥新。

洞佛寺，一层比一层幽深，似乎还弥漫着当年的硝烟味。

夜宿枫香溪

　　去枫香溪，为的是瞻仰那个举世闻名的会议旧址。

　　小汽车在泥泞里艰难地爬行。我们不时走下车去，以减轻重量，免去刮伤汽车底盘的风险。导航甚至将我们引到了一段断头路，当问及背着篓子的老乡时，他提示我们往后转，并笑着说，刚才有几辆车如我们一般听了导航的误导。

　　当爬过山，走上新铺的柏油公路，穿过一阵浓浓的云雾，雨骤然间停了下来，最打眼的就是那处暗红色的吊脚楼——枫香溪会议旧址到了。

　　可是，当大汗淋淋、气喘吁吁赶到大门时，接待员告诉我们，已到了闭馆时间。看着我们满头大汗，她们不忍心断然拒绝，还是打开展览厅，让我们在那里拍照"以示留念"。

　　看来，枫香溪真的要执意留下我们。

　　这个多雨的深秋，夜幕说挂就挂下。一时间，远处、近处的灯，集结一样，瞬间点亮起来。会议旧址暗红色的门楼，显得更加肃穆。

　　1934年那个初夏，突然一阵狗叫声，打破了宁静的山寨。一群衣衫褴褛却精神抖擞的身影，走进人们的视线——"早听说贺龙的红三军要来，想不到这么快到了。""红军真的是青面獠牙？"村民奔走相告着。有的打开柴门，将红军请进屋来喝茶、安歇；有的则紧紧地拴好大门，牵着牲口向后面山洞奔去。

　　山寨顿时沸腾起来。

贺龙率领的红三军，在湖北洪湖与国民党顽固派10万重兵激战周旋后，被迫退出洪湖苏区，转道湘西向黔东北进发。在路上，将士们一面含泪掩埋身边倒下的战友，一面拖着疲惫虚弱的身躯，与敌人持续作战，突破敌人的重重"围剿"。

一次次战斗，一次次捷报，沉重打击了反动武装，在大山深处播下了革命种子。"红军是工人农民的队伍""红军不拉夫，白军才拉丁"，像报春鸟的歌唱一样在山寨里传开。一传十、十传百，附近印江、沿河、德江各地的青壮年，闻声赶来，投奔红军，融入了革命队伍。

发源于沿河谯家镇的枫香溪河，仿佛自山石间突然冒出，曲折蜿蜒，迤逦而来，缓缓流过枫香溪坝。小河，不仅灌溉了两岸万亩田畴，更为这块美丽富饶的土地增添了一道靓丽的风景。这儿，林深茂密，盛产药材，在黔川享有盛名。更何况这里的"油煤"那是一个"响亮"（好），这种煤用火柴一点即可燃烧，是制造武器的上好燃料。由于交通阻塞，自然条件差，这里的土家、苗、汉各民族人民生活极为困难，历来反动派统治薄弱，正是保存实力、厚积薄发的地方。

"野鸡有个山头，白鹤有个滩头，一支红军没有根据地怎么行呢？"贺龙洞察形势，率部队撤出沿河，纵深挺进枫香溪，与三千将士举起了奋进的火把。

"两把菜刀闹革命"的他，面对连日奔波的战士说："留得青山在，不怕没柴烧。只要有我们红军战士在，新的根据地很快就会创建起来。"

1934年6月19日，农历五月初八。

"枫香溪"，这个带着诗意的名字，在这一天，用乡村叙事的方式，在中华大地上写下了金光闪闪的一页。

贺龙、关向应、夏曦、卢冬生，坐在一张四方桌上，经过激烈的讨论，决定创建黔东革命根据地，建立苏维埃政权，开展土地革命、武装斗争，恢复军中党团组织和政治机关，停止肃反，创办红军学校。

他们可能不知道，这次会议有力地策应了中央红军长征的战略转移，建立起了贵州高原第一个根据地——黔东革命根据地，开展了土地革命和武装斗争，孕育了中国工农红军三大主力之一的红二方面军。

走过窄窄的石板街，古朴的门楼还在，沧桑的泥墙还在，木房、凉亭、货柜，似乎正告诉我们这里曾经的繁华。可是，当秋雨飘过，一声声乳名声的呼唤之后，街道出奇的宁静。

一条溪用了千年的韧劲，注解着一个个民族神话。一边走着，一边想着，是什么力量让这条流淌着枫树清香的溪流，注入了红色的经脉？是什么力量，让贺龙率领的红军队伍与大部队一道走出武陵山，跨长江、过黄河、爬雪山、过草地，一步步丈量威震世界的二万五千里长征？

远处传来一阵叮叮当当的乐器声，问老乡后得知，这是前面一家正为庆贺母亲七十生日而请人唱傩戏。

以傩娱情，远古时就有的游戏。这是当时人们对天文地理限于一种迷茫状态，需要借助鬼神的力量来演绎的一种文化。时下，作为一种非物质文化遗产传承，作为娱乐，傩戏在山寨里仍颇受欢迎。

七十年前，深居大山的"神兵"，就是借助这种力量与当地反动势力斗争的特殊人群。他们有着傩艺绝技，有着被剥削被压迫的痛苦，有着深山生活的经历，而经年周旋于人与"神""鬼"之间，手里的牛角、师刀、祖师棍变成了长矛火枪，"握锄为民，执枪为兵"。为了寻求生存，枫香溪的男男女女也纷纷参加了操练。一呼千应，操练场上"刀枪不入"的口号喊响了大山。长期生活在这里的1000多人的"神兵"队伍，祖上与清政府对峙多年，国民政府对他们也无计可施。

俗话说，一山难容二虎。这支常居附近深山、具有浓厚地域性又有较强组织性的地方武装，对于经过长途跋涉、疲惫不堪的红三军将士来说，无疑是一场生死考验。

谁不想耕读传家声，谁不想空闲里喝碗"熬熬茶"、开心时来一杯"麻糖水"，过上安逸实在的生活？但当基本生活无法维持，基本尊严也被剥夺，人们就会揭竿而起，借助各种力量伸展自己的才能，争取自己的权益。《水浒传》里，梁山好汉哪个不是被逼上梁山而猛闯天下？"天下方乱，群雄虎争，拨而理之，非君乎？然君实乱世之英雄，治世之奸贼。恨吾老矣，不见君富贵，当以子孙相累"（《世说新语·识鉴》）。乱世之下，一个人的选择决定一个人的命运，一个地方的选择同样决定这里生存环境。经过与神兵首领接触，贺龙感到这是一支农民自己的队伍，是红军不可多得的力量。

在展览厅显著位置，看到贺龙等人签署的《告神兵兄弟书》，上面列出"神兵"的力量，道出了多年来"神兵"不但没有推翻旧政府，而且连连受挫的根由。在那张发黄的纸里，听到那湘西口音情真意切地劝导："我们中华苏维埃临时中央政府，有百万以上的工农红军，为了工人、农民的利益而斗争。我们工农红军第三军，现在正在贵州、四川、湖南、湖北交界数十县游击，企图发动千百万的工农群众推翻军阀、豪绅的统治，争取工人、农民自己的利益和权利。因此，我们与你们正站在一个共同的战线上，我们很愿意与你们作革命的联合。"

红军在枫香溪与当地群众迅速抱成了一团，打成了一片。老百姓从红军身上看到了生存的希望，找到了做人的尊严。久违的山寨和谐气氛又回来了，那些被蛊惑的村民，相继从山洞里走出来，伸了伸腰，走向久违的柴屋，走向红军队伍。

山寨一下子增加了数千人口，对于本来生计难以为继的枫香溪村民来说，无疑是一个相当大的压力。兄弟连心，虽然他们有的仍衣不蔽体，食难果腹。但他们想到红军亲人，或上山挖野菜，或爬坡摘野果，熬更守夜，用土法将野菜和杂粮调制成饼干，送上前线给战士们充饥，支援红军。

"神兵"们也纷纷放下咒符，踊跃报名加入红军队伍。红军队伍像春雨过后的山头泻下的泉水，涌进山涧、注入枫香溪，汇入乌江，奔向大海。

7月21日，经过一个多月紧张筹备，黔东苏区第一次工农兵苏维埃代表大会在张家祠堂举行，黔东特区革命委员会顺利选举产生，黔东苏维埃政权也宣告成立。黔东苏区时辖17个区革命委员会（或区政府），约100个乡苏维埃政府，辖区包括今沿河、印江、德江、松桃、酉阳、秀山等县及毗邻地区。

"神兵"，被正式改编为由黄埔军校毕业生冉少波担任司令的黔东纵队。那些举着大刀、高呼"刀枪不入"的勇士们，如股股山泉奔向民族复兴伟业，用鲜血甚至生命捍卫枫香溪上空那声声响彻云霄的呐喊。

因为有了那声声喊山的号子，山泉就会汩汩，山寨就会牛哞羊咩，炊烟就会飘荡，群山就会起舞。

得知我到了枫香溪，朋友阿华打来电话，后悔没有一同前往。她说，她的姑爷爷当年曾跟随贺老总闹革命。

姑爷爷没有读过书，却炒得一手好菜，深得首长的喜爱，曾经背着一口锅辗辗转转，从张家界出发，湖南、湖北、贵州、四川，一直跟着贺龙打天下。阿华说，几岁的时候到姑爷爷家，看到他全身都是伤疤时，好奇地问他伤疤的来历。姑爷爷拗不过，喝了一口茶，讲起那段烽火故事来。

"您一个做饭的，还会打仗？"姑爷爷接过阿华的话笑着说："子弹可不长眼呀。我背上的锅，也不知被打烂几口了。"姑爷爷还说，贺老总喜欢抽烟，他在贵州的一座山寨里曾用树枝做了一根旱烟管，准备送给贺老总。在转战中，这根倾注心血的旱烟管不幸丢失。

姑爷爷说着说着，猛地站起来，打了个哈欠。阿华说姑爷爷讲起这事就激动，身上那些暗红的伤疤凸起来，红得吓人，她也不敢直视老人的背。

姑爷爷去世已有三十多年，她更后悔当初没有更多地了解他当年在枫香溪的故事。

老人与枫香溪，老人与那根旱烟管，也成了一个悬念。

她说，她想看看先辈们生活过的地方，她想听听枫叶在秋雨下飘舞的声音，她还想听听姑爷爷的鼾声。

还能说什么？打开免提，用傩舞的曲调告诉她，枫香溪正在上演精彩的节目。

几年前，有幸参加重走长征路采风活动。首站在江西瑞金，住的酒店在云石山附近。在居住的酒店，发现房间装饰的是苏东坡《瑞金东明观》书法："浮金最好溪南景，古木楼台画不成。天籁远兼流水韵，云璈常听步虚声。青鸾白鹤蹁空下，翠草玄芝匝地生。咫尺仙都隔尘世，门前车马任纵横。"当年，苏东坡被贬惠州取道瑞金，在此羁留数月。其间，这个东坡居士忘记自己戴罪在身，忘记纷纷扰扰的党争，潜心在这小小道观里，用诗句洗心，豁达得忘乎所以。

装饰的书法了得，意境也相当融合，装裱也十分雅致。我曾花了一刻钟的时间描摹过。尽管如此，这个夜晚心心念念就是旁边的云石山，那个划历史意义的"长征第一山"。

很少做梦的我，在那个晚上竟然做了"少年之梦"。梦中，发现自己长出翅膀，掠过云石山，挺进湘西，一路经受风雨洗礼。

到川北与甘南之间的松潘草地时，遇上正在拍红军过草地的电影剧组。这个被称为生命禁区的地方，纵横300余公里都是草地，是长江与黄河的分水岭。草地上河沟纵横，水寒刺骨，几乎每过一条河，都有身体虚弱的战士倒下。更可怕的是，软绵绵的草包下常隐藏着沼泽，稍有不慎，人和马都会陷下去。

望着茫茫草地，和跋涉在草地上的演员，我没有像同伴那样欢欢喜喜地争着与演员们合影。我用手势在草地上比画着，一条金色的弧线从眼帘掠过，然后默默站在那里，进入了失语状态。

而秋雨下的枫香溪，给了如此神秘的亲切感，在这样一个夜晚，又为自己挑上一条金色的弧线。

酒店，就在会议旧址的旁边。店主年轻得让我不敢相信他就是老板。他说他是慕枫香溪英名而来的。这个同样是祖籍湖南，几年前在深圳打拼的酒店老板，在参加一次纪念长征活动后，便来到这里，想助力枫香溪，向客人讲述这段难忘的历史。

他指着山坡下说，山下面有一座红军桥，再近点就是红军井。红军桥是红三军在这里时为方便群众过河而建，红军井原是在一块沼泽地，由贺龙带领群众在那里修建了一口长3米、宽1.5米的水井。井建成后，解去了人们到三四里路外的地方挑水喝的烦恼。他还指着前方灯光闪亮的房间说，那一处是当年贺龙、关向应、夏曦、卢冬生开会的地方，那一处是贺龙学习、生活的地方。仿佛在他的手指处，吊脚楼，花格窗，在灯光下就会叠映出当初的情景。

静静地伫立窗台，我在想，这座带着厚重历史、承载着无上荣光的吊脚楼，在窗户的推拉之间，是否会拉回那个时间刻度？

阿华又发信息来了。

我急忙回复：明天，明天，我会好好地问下，是否有一个湖南张家界的后生仔，曾在这里生火做饭，炒得辣椒香满整个老屋。

我还想张贴一份遗失启事：七十年前，有一个年轻人在这里掉了一根旱烟管。因为，这是一个老人一生的疼。

1934年的那阵阵脚步声，从窗外传来。

宋至平的十字关

壬寅岁初，元宵刚过，一场铺天盖地的大雪过后，终于迎来了冲进山寨的阳光。瓦片上的水蒸气，朦胧又显得澄明，在阳光下打着神秘的手势。漆红的门，深色的瓦，藏红的墙，插在广场上那面鲜艳的红旗，让这座古建筑立马显得生机勃勃起来。

走近位于德江县平原镇的十字村，走向十字关，走进黔北工委旧址，你似乎听到一座山寨跳动的脉搏、柔软的呼吸与青春的脚步。你试图将脚步迈得从容点、轻盈点，却宿命般沉甸如铅，连哈出来的空气也是跟着打着寒战。

这就是你跋山涉水，顶风雨、冒雪霜，苦苦追寻的地方。

十字关，平原镇的一个小山寨，因为地处德江与凤冈县的十字路口而得名。这样一个名不见经传的小山寨，因1948年那场初雪，成就了黔地猎猎飘扬的一面旗帜，激励着一代又一代奋进的中华儿郎。

一个月前，有幸参加黔地作协的一个实地采风活动。这天，大雨倾盆，大伙儿不得不舍弃了几个景点。当来到贵阳云岩区八角岩路国民党枪杀革命志士遗址时，你执意要下车去拜谒牺牲在这里的烈士。当地陪同作家以红色题材小说见长，得知你祖籍湖南，便将伞伸过来说：在这里牺牲的8名优秀共产党员中，有一位名叫宋至平的湖南人，慷慨赴死，被特务活埋，年仅33岁。

宋至平，不就是出生于湖南湘阴、享誉出版界的《活路》杂志主编吗？湖南人编四川话版刊物，是出版界的一段佳话。这个佳话出自他的手中。二十年前，你曾在北京潘家园淘得一本《活路》翻印版，不止一次地指着那本旧式油印册子，为湖南人能办出这么优秀的刊物而骄傲着。

抗日战争刚刚结束，国民党反动派像吃了疯药一样，不顾国民反对，疯狂策划内战。重庆的文化、工商等各界代表组成"反内战联合会"，呼吁全国人民团结起来，制止内战。地下共产党员、来自湖南的重庆建川中学教师宋至平，在争取各方尤其是《新华日报》的支持后，开始筹划出版进步刊物。受既代表工作劳动，又包含着谋求"生存之意"的四川方言"活路"启发，他们成立了活路社，出版《活路》刊物。他每天上完课后，就匆匆赶赴编辑部修改稿子，撰写文章。为解决办刊经费，又回到家乡筹措资金。这本于1946年5月25日在重庆出版发行的《活路》刊物，以粗识文字的工农为主要读者对象，采用通俗化四川方言写作，主要刊登时论、通讯、文艺作品，宣传反内战、反独裁，宣传抗丁、抗粮、抗税，团结群众争生存、争活路。在宋至平等人的精心策划下，《活路》深入工农群众，语言和形式特色鲜明，真正道出了百姓心声，令敌人如鲠在喉、如芒在背。地下党的同志，将它作为公开教材进行学习；红岩小学、莲华小学、农民夜校等，把它当作识字课本和政治教材。刊物发行到川北、川东、川南等地，发行量两三千份以上，产生了积极的影响，被国民党反动派定性为"共产党的地下刊物"，始终处在白色恐怖之中。1947年2月，《活路》被国民党当局查封。

那位以红色题材小说见长的作家，更加神秘地说：宋至平还在黔东北德江工作过，中共黔北工委的工作就是他参与主持的。

想起那本《活路》，想起那座还没来得及去拜谒的黔北工委旧址，你愧疚的脸，被雨水一下子刷了下来。没有顾及越来越大的雨水，跪上前去，向前方深深一拜。

你知道，雨声已成为一个媒介，在敲打着，翻腾着。

七十多年前的贵州，是国民党"治安模范省"。抗日战争胜利后的大西南，特别是大山深处的黔北地区，白色恐怖牢牢地笼罩着，老百姓依旧生活在暗无天日、水深火热的环境之中。

面对黔地现状，党中央做出"开展蒋管区农村游击武装斗争"的指示，中共川东临委决定成立"黔北工委"。在黔东北地区清理、恢复地下党组织，开展地下工作，继而向西与云南联系，建立一条交通线，将川、黔、滇连成一片，在敌人的西南大后方，建立若干农村游击根据地，实施全歼顽敌的战略，迎接全中国的胜利解放。

宋至平就这样走上了前台。他在黔北工委负责人张立的委派下，化装成商人，跋山涉水，风餐露宿，历时30余天，从四川步行到了黔地德江。

那是1948年1月一个风雨交加的夜晚。十字关，盖过人头的山茅草，在风雨中，顽强迎击着风雨。那座立在岩崖窝里、弱不禁风的吊脚楼，极像一艘归航的船，静泊于岸边。他擦了擦汗水，轻轻地抚摸着山寨里的一草一木，想要用自己枯瘦的双肩托住草木上黑暗的闸门。山水有清音啊。中国文人哪个不喜爱山水？可是，面对山河破碎，哪有心思去吟风弄月。他以私塾先生为掩护，在当地优秀共产党员先仲虞的帮助下，迅速恢复了地下党组织，发动黔东北群众开展武装斗争，建立游击根据地，在黔东北很快扎下了根。

很多时候，总以为雪是寒冷的代名词。而七十多年前那场大雪，让人感受到它就是大地之上的灵物，是春天的信使。1948年1月的那个雪夜，十字关的私塾学堂，松油灯将山寨的夜晚照得明明亮亮。沙土夯成的课室里，宋至平和他的战友面对鲜艳的党旗，举起右手，用庄严的誓词，宣告山寨开始了新的历史。

"瑞雪兆丰年"，这句谚语在十字关头蓬勃着。那些越冬的山鸡，已掠过雪松的影子，飞翔起来；那些过冬的野兔，已冲出坚硬的雪墙，欢跳起来；那些久违笑声的吊脚楼，已飘出缕缕炊烟，传出"麻糖水"的清香。他一定听到在头顶轰然作响的雷声，像那首激昂的山歌，冲出山寨，飘向远方。

他推开大门，张开双臂，奋力地抱住朵朵雪花。用湖南口音，咏起王杏那首游德江的诗来。"泛泛江心驾一艘，两崖悬峙碧云头。"王杏，是个一等一的人物，贵州阳明书院的创办者、嘉靖年间的贵州巡按御史。在宋至平的眼里，眼下白雪里的缕缕炊烟，不就是王御史笔头下那缕似春的轻烟吗？他激动起来，有了对着关口大喊的冲动——他似乎听到了大西南解放的号角，看到了插满黔地的飘扬的旌旗。

就这样，负载着千斤重担，宋至平用两条竹块做成圆规，以德江为中心，在黔东北地区清理、恢复、发展党组织，发动群众开展武装斗争。用一双"铁脚板"，走进一个个老乡家中，摆起"龙门阵"（家常），筹建"翻身会""农协会""齐心会""同心会"和"民青同盟"等多个群众组织。用那双大手，指挥着一场场声势浩大的"兵运""抗丁""抗粮""抗税""农运""学运"革命运动。用方正的汉字，将山寨的每一个细节，写进了这块土地，写进了党的史册。用智慧和敏锐，先后打通各种关系，建立同盟武装。

为方便联络工作，半年后黔北工委从十字关搬到杉园营盘山上，宋至平还是利用私塾先生的身份作掩护，开展党的工作。营盘山，是德江通往务川、四川的必经之路，原为清朝咸同年间黄号军所建，内有石城墙、石卡门和炮台等军事设施，有三间屋子正好可以组织各项会务。对于书生宋至平来说，这里成了他人生的又一个十字路口。1949年2月，中共贵州省工委正式成立，宋至平被派往贵阳，领导地下新民主主义青年团的工作。

很多时候，一座山，一条河，甚至一棵树，就是一个人的宿命。宋至平以及他的战友，在巍巍青山里，亲手播下的火种，已成为燎原之势；辛勤耕耘的田地，已丰收迷人。

黔北工委建立，只有短短的两个春秋，却发展到2900多人，先后组建了中国人民解放军黔东纵队、黔东北游击队、湄潭游击队以及郎岱、关岭、晴隆游击队武装，举行了松桃、湄潭和郎岱多次武装暴动，将黔东纵队、黔东北游击队、思南游击支队、湄潭游击队等合并成立中国人民解放军黔东北纵队，配合中国人民解放军先后解放了辰溪、凤凰、松桃、铜仁、江口、印江、思南、德江、凤冈、湄潭等10个县。60位同志的鲜血洒在这里，为这座山寨丰碑奠基，共同创造了一个豪情激荡的英雄时代。

"作始也简，将毕也巨。"这是始与终的哲学命题。十字关茅草屋里的那次秘密会议，闪电般照亮了山寨的一条阳光大道。

昏暗的油灯下，几个人的坚毅目光，一直定格在这里。

青山有情，青松有灵。这山，这树，这茅草屋，是宋至平的栖息地，是他精神的港湾，是劳苦大众寻找活路的坚挺心境。

看来，在雪地的茅草屋，也有走近前人的方式。轻轻地一抬脚，就回到八十年前的空间。

牛背一样隆起的山包，傲立雪中的青松，微微吹拂的山风，被一种无形的力量，在推动着。你抖动着，抖动落在身上的雪花；寻找着，寻找着那个留着小平头的、穿着长衫迎风而立的身影。那个定格在33岁的身影，定格在大山的身影，定格在阳光下的身影。

而学堂里，那支写秃了的笔、那张断角的桌子、那盏残缺的灯台，记载着那段刻骨铭心的峥嵘岁月，写下了一篇关于这座山的悲壮史诗。

猛抬头，闻到了那瓶用锅炭灰调成墨水所弥漫的清香。

险滩之上品读历史

溯乌江而上，穿过"山似斧劈、水如碧玉、虬枝盘旋、水鸟嬉翔"的百里画廊，与奇山、怪石、碧水、险滩、古镇、廊桥、纤道进行对话。盈盈碧水处，一座酷似老鹰展翅的石崖傲立在跟前，如天门中断，重峦叠嶂，奇峰对峙，各显神姿。老船工说，新滩到了。

新滩，猛然想起前不久，在《德江文化辞典》里看到过有关它的历史文献资料。

"1934年8月下旬，经军部批准，红三军黔东纵队副司令张金殿、德江独立团政治委员徐承鹏率副官张金才、张金和及张羽进、张羽让等11名红军指战员，到德江稳坪一带扩充红军，得到了当地青年的踊跃报名参与，短短几天便有300余名新战士加入队伍，被编成两个临时支队……"

1934年初夏，贺龙领导的红三军来到黔东北后，德江县国民政府和地方势力极为不安。县长钱文蔚在乌江边组织江防队，策划阻止革命势力发展。当扩红部队来到当地时，江防队自知公开抵抗犹如以卵击石，便隐蔽起来，分散活动，派人混进了红军队伍。

当年8月28日，反动政府江防队成员、混进红军队伍并担任新兵第二临时支队的支队长安明焕，原形毕露，勾结土豪，纠集上百名暴徒于乌江岸边的灵关道，瞄准时机，到司令部谎报军情，把红军哄骗上山，企图将驻扎在这里的红军全部消灭。

为减少不必要的损失，红军主动撤回。随即将驻地从河西迁到河东，并派人前往水井湾寻求救援。敌人一计不成，又生一计。距驻地20余里的木朗溪的土豪捎信给司令部，佯称在那里筹集了一批粮食和猪肉，要红军派人去拿。司令部见信后，派出副官张金才率张金和、张伯成、田贵等28名战士前往。刚走到谭家屋基，便遭到埋伏于此的数百名暴徒攻击。部队退到马鬃岭和王井垭一带，与暴徒展开血战，田贵等8人当场殉难，张金和等8人被俘后也全部英勇就义。

30日凌晨，毛岭土豪杨承禹胁迫毛岭、木朗等地数千名不明真相的群众直逼新滩，包围了司令部。张金殿、徐承鹏等7人壮烈牺牲。

读着这段悲壮的历史，一个念头萦绕不去：在七十余年的时光里，壮士们的鲜血是否成岩？在七十余年的沧桑岁月里，那块染红的土地，又会有怎样的变化？

来到新滩，站在码头上，但见蓄满江水的乌江，祥和宁静，当年的血迹早已不见踪影。望着因乌江建设需要而沉入水底的"新滩事件"遗址，心情一时跌宕起来。

"这些倒在血泊里的战士，正值青壮年，他们走出农屋，扛上钢枪，走上捍卫正义、保家卫舍之路。他们的心中，一面信念的旗帜在飘扬着，他们也一定预见着幸福美好的生活场景。"老船工"吧"了一口旱烟，指着对岸的水面说，世世代代也不会忘记新滩上曾经的血迹，声声惨叫，和壮怀激烈的呐喊。他抹了一下眼角接着说：在这里，常常听到高山之间，一阵阵响亮的脚步自远而近；一腔嘹亮的号子奔涌而来。

他描述得有点粗犷，有点高亢，又是那样的动人心魄。那杆旱烟冒出来的烟圈，荡在平镜般的江面上，久久没有散去。似乎当年的情景，激烈回荡在峡谷中，激情嵌进岁月里。

抬头望去，只见前头东面一状似展翅雄鹰的岩石，在江面展翅欲飞。一块硕大的圆石，极像雄鹰衔来的珍珠，装嵌在乌江新滩的崖上。

新滩，是乌江三大滩险之一。400多年前，明代诗人杜文焕曾游历乌江，当来到"乱石横滩乱水流"的新滩上，不禁长叹一声"扬波喷恨几千秋"。据《德江县志》载：因西岸岩崩塞江，造成滩险，故名新滩。新滩西岸岩崩，堵塞乌江成为滩险后，航运的货物，都要在这儿转运。

今天的新滩，杜文焕"黎民但得撑天手，打破河关好放舟"的梦想早已实现了。过去"行船靠绞滩"的艰险早已不再。数十米深的水位，早已将乱石横立的乌江变成坦途——两岸的风景也成为旅游的网红打卡之地。

一辆辆缆车，正缓缓地向山顶"爬"去。这是正在开发的"新滩梦屿"旅游扶贫项目。试想一下，要是站在瞰屿台上，透过脚下玻璃见到的是万丈绝壁，惊险又刺激。而放眼望去，河对面玉竹山似乎挂在眼前，伸手可触。千山万壑尽收眼底，云岚在峡谷慢慢悠悠、翻翻腾腾。一股恰到好处的山风吹来，云烟剥去，峰壑松石，在彩色的云海里时隐时现，瞬息万变。而山谷里，渐渐现出一道白练，划开着青山浑然一体的苍翠。山下的乌江，神秘而辽阔；新滩半岛，尽收眼底。

沿着蜿蜒的水泥公路，来到建在半岛上的新滩移民新村，瞬间便开朗起来。这是德江、沿河两县的接壤之地，山区的边城。这座边寨新村，在悲壮中展示发展神奇：依势而建，顺势而为；既有浓厚的土家特色，又有十足的现代感风味。站在半岛上的新村，面对群山环抱的乌江，如明镜镶嵌在群山之间。向远望去，一泓清碧，四面葱茏，莽苍相对，山势勾连，浓雾缭绕，迷迷蒙蒙，如梦如幻，真不知是在天上还是人间。

木房组成的小街，不见了；人们或背着背篓，或挑着粮食、化肥，或提着鸡蛋、鸡鸭等农产品形成的简易交易市场，不见了；牛粪路、烂泥路，不见了。随着河道改造、乡村振兴，昔日喧哗的乡村集市、呼啸的险滩、勒入肉里的纤带，不见了。时光，在"麻糖水"中发酵、蒸馏，飘香在记忆的烟火之中，进入时间的史册里。

那些刚刚搬进新楼的村民，正幸福地装点着自己的门店，迎接着四方来宾。他们有的是坚守着先辈的诺言，护卫着洒在新滩上的那块血迹的后人；有的是生活在乌江上的船工。他们搬离了曾经的家园，开启了新的生活。

这些能咽得下苦辣酸甜的乡亲，又正在向一代代为之奋斗的小康大道上迈进。

安民教化一文脉

　　光绪八年（1882）九月，一个难得的晴日。黔地安化县（现德江县）候补知县徐士谦，拖着疲惫的身子，走出曾经的文庙，也就是刚刚改建的县武衙署。

　　他忘记了手中的血泡、身上的泥巴、脸上的灰尘，倚着门楣，望着一轮朝阳从东方冉冉升起，身后的大犀山，巍巍，峻拔，云海茫茫，牧笛悠悠，仙韵飘飘；前面的玉溪河，清溪蜿蜒，河天一色。这座外揽山水之秀、内得人文之胜的城市，因"羡其山清水秀，地阔民稠"而成为"建立城邑之区"。他哼着山歌，满心欢喜地拿出羊毫，摆开皱皱巴巴的宣纸，写了起来。

　　"黔之东，铜思所属，有梵净山焉，高耸数千仞，绵延六百里，向为苗人所居。"安化县的前世今生，在他一行行娟秀的行楷里，缓缓地流淌出来。

　　文庙，又称孔庙、先师庙，是纪念和祭祀伟大的思想家、政治家、教育家孔子的祠庙建筑，是儒学崇拜的圣地，也是传承孔子思想、进行文化教育传播的学堂。

　　文化，有着穿透时光的力量。在风云变幻的历史上，铁蹄奔袭、刀光剑影，轮番上演着一场又一场"社会震荡、世事忙乱"的活剧。战争，可以涂炭生灵、摧毁城市；人类，可以南征北战，醉卧沙场。但千百年来，征服人心的魔力只有文化。

　　作为中国文化符号的孔子，2500多年前，以山东曲阜为原点，用儒家思想向时间和空间深处延伸着。他主张"己所不欲，勿施于人"。治理天下，重礼而轻武，推进民族和谐共融共生。"柔远人，则四方归之"（《中庸》）。以文载道，以道交友，用文化的力量赢得民族交融、天下大同、生活安康。黔东北德江，一直受着孔子思想的影响。历史上，不管归属何处，不管偶尔会出现的地方性离心势力的博弈，但纯朴的德江儿女，始终如一地保持着对儒家文化的认同和尊崇，在继承和发扬民族特色中，又保持着对以儒学为主体的中华文化的强大向心力。

孔子崇尚的"仁""礼""美""善"，四个力若千钧的文字，在文庙香火传递中，顺着时间轴线，一路向云贵高原进发。安化县文庙，不经意间耸立于武陵与大娄山的接缝处。为这个山城，平添了几许厚重和庄严，记载和镌刻了大德之江的另一个面孔。

明万历三十三年（1605），注定是黔地德江载入历史里程碑的一年。九月二十一日，经贵州巡抚郭子章、巡按金忠士上书请准，思南府水德江长官司改为安化县，治于思南府附廓。也是这一年，一股强劲的东风，吹进了山寨，吹进了吊脚楼，扎根在德江子民心中。随着县衙第一块石基的奠基，作为古老城市象征性标志的文庙，在德江（时称大堡）打下了第一桩。不久，这座七栋二十一间、总面积达两千平方米的建筑，应声而起。建造者们因地制宜，建设一批文庙建筑。在文庙后面还掘了一口"状元井"，有题诗云："拜了状元井，神笔赛马良。喝了状元水，妙笔好文章。"

象征着孔子和儒家在中国传统社会的崇高地位的文庙，"惟论传道以列位次"（《明史·礼志四》）。文庙内，棂星门、屏门、戟门、大成殿、明伦堂，散发出"青光"。曲径通幽。拱桥流水，凉亭听雨，泮池，朝飞暮卷，云霞翠轩。安化县文庙，成了云贵高原一块名胜打卡点。这个曾被文明遗忘的角落，从此有了《诗》《书》《礼》《乐》《易》《春秋》，有了"子曰诗云"，有了"关关雎鸠，在河之洲"的声声诵读；从此，弦歌不断，薪火相传；从此，有了一个响彻黔地的文化地标。

"因知王化滋禽鸟，羽族飞鸣得自由。"任户部郎中的邑人孙顺来了。他借景生情，用荡气回肠的诗歌《游白鹭洲》，抒发山寨儿女对美好生活的向往。"磅礴江心见浅洲，青沙有鹭狎同俦"，这些让人心气激荡的诗句，为读者展开了一幅得到天子教化后的写意山水画。

"寻源记是牂牁水，自到川流迥不同"，印江的贡生廖云鹏来了；"空山秋色带归鸦，傍晚稌公驻使车"，江苏淮安的进士刘谦吉来了……一个个孔子的崇拜者，或走进文庙谈经论道，或站在乌江岸头，向这座培养一代又一代"硕学宏材"的文庙顶礼膜拜。

大山深处的安化县文庙，早已金声玉振。

徐士谦心中涌动复杂难言的意绪，以一种万分虔诚的方式，点上一炷香，跪在圣人的跟前。

"咸丰同治间，上下游群苗背叛，游民附从，据邑破城，遍地扰攘。"这个久经沙场的候补知县似乎看到烽火连天，看到兵戎相见；听到战鼓雷鸣、号角声声，听到战刀与长矛刺耳的撞击声。

太平天国农民起义爆发后，安化县辖内土家人胡胜海用黄巾裹头，在老家梅林寺占山为王，招兵买马，建所谓的"皇城、皇殿、皇仓"，砌炮台、烽火台，设石门石卡，围土千方，开沟引水，积草屯粮，"以谋大事"。率领"黄号军"，进攻大堡、务川县城，夺城掠地，与清军殊死搏斗。棂星门牌坊等一幢幢代表性建筑，在血光之中毁于一旦，一夜之间消失在人们的视野之中。我在一本资料里发现这段历史，在一个个疼痛的文字里叹息：文质彬彬的文庙，怎么敌得过长枪短剑的猛烈撞击？先圣那尊九尺六寸的雕像，在你死我活的战争中，又是那样显得苍白无力。

岁月悠悠，以文会友、以友辅仁的文庙，要用"仁义礼智信"去诠释和释怀战场纷争背后的冤孽，用另外一种方式解说历史。清光绪六年（1880）八月二十六日，时任贵州巡抚岑毓英奏移铜仁县于江口、安化县于大堡获准。两年后，安化县正式迁移于大堡。由于穷乡僻壤，"离城三百余里"，当地"民顽俗浇"，恐政令不通，影响发展，便将安化县治所从思南迁至大堡，徐士谦在碑文中对当年大堡地理环境做了精辟的分析。并决定"营择基址，鸠工庀材"，在先师庙旧宅上建武署衙门。随着那捧白灰纵横洒去，那块"角牌"向下垂来，那块带着血痕的砖头从瓦砾里搬出，安化县文庙的命运在这一刻又一次逆转。

他们抬头望望万里无云的蓝天，跪在尚带着烧焦木炭味的圣像前，早已泪流满面。因为，他们知道，"读书以明理"，明的是什么理？文化是软实力，是一个地区、一个民族发展最关键的要素。活化文庙，把文庙所承载的文化精神，转化成权力和政令中心，将"纲常伦理、忠孝节义"进行视觉化，这在战乱的山寨，也实属"一劳永逸之举"。

那篇洋洋五百余字的文字，后来又通过巡检张荣林书丹，镌刻在青色的石头之上，默默地守望着这段历史。

2021年农历九月二十一日，恰逢郭子章请准改水德江为安化县416年之日，我从岭南东莞以东西部协作的名义走进了德江安化县文庙。

穿过百米小巷，那座风风光光的建筑，呈现在面前。这是一栋木质瓦房，房屋呈南北向，为三门两进式四合院。宽大的台基、威武的石狮、交错的斗拱、肃穆的廊柱，用一副副老成持重的面孔，诙谐地招呼着来者。

文庙，有一种思想的流布与赓续，每一个细节都能展示它的威仪。所谓"文官走文门，武官走武门，中间走的是状元门"，两侧是文武门，对文武官员的进出有了严格的区分。"礼门"和"义路"，作为一种暗喻，让出入的文、武官员礼义当先。在文庙上移建的武衙署，更有着等级森严的规定。衙署的官员迎送起点、终点，进出路径都有明显标示。我将眼光停留在四周，没有发现机械的、醒目的"至仪门前下轿（马）"标志。试想一下，如果在过去，我一介草民，敢昂首挺胸走进封建统治中心，走进神圣不可侵犯的秩序之地？除非，我吃了豹子胆。

走进文庙，没有这种沉重、繁杂的出入仪式感，不知是失落还是愉悦？

半米高的门槛，是否保持着百年不变的沉稳？揣度着跨过门槛，城市的喧嚣、街道的繁杂，被挡在门外。扑入眼帘的是两侧回廊中温情脉脉的茶几，静待客人的藤椅，磨得发亮的石板，茂密又带着青涩的文竹。心，一下子安静下来，一股温暖已遍及全身。看来，文庙的温度并没有因无数个凄风冷雨而改变，并没有为薄暮的脚步声所湮没。从文庙到武衙署，从琅琅的书声到复杂的纷争，从中华精神汇聚之地到尔虞我诈、紧张分分的政治旋涡，这一门槛隐藏的秘密，在道德、礼教的教化下，失去了诱惑。功名，利禄，王侯将相，在时光里都是过往云烟，唯有文章是"人间声价"。

在大院里，我没有看到候补知县徐士谦的影子，也没有看到他当年铺开的宣纸；没有听到来去匆匆的脚步声，也没有听到鸣锣开道、马蹄声声。

静静地端坐在那把藤椅上，品一杯德江白茶，一声祭孔大典上古老的钟鸣，似乎在茶杯的水蒸气间传来。罩在玻璃里的"移建安化县碑记"的石碑和模模糊糊的"仙都紫府"石刻，散发出缕缕金光；"一代圣贤万世师表，千古流芳日月同辉"的金字楹联下，似乎站着一个穿长衫面带微笑的老人。

徐士谦们虽有"占庙为署"之嫌，但他们能在文庙历经血雨风霜之后，把历史和现实恰到好处地承接起来；把坍塌的、吟诵四书五经的书院，用威仪的武衙署活化起来；把溃烂不堪的山寨，用儒家精神粉饰起来，用堂皇的道德教化维系起来。光绪七年（1881）四月那个激动人心的打桩声，使尖锐的山风在这里收住了劲；那声清脆的号子声，让勃郁的豪情在这里发了酵；那道明亮的光芒，在举手间射进文庙，又折射开来。

文庙，虽无当年古柏森森，殿堂巍巍，香烟袅袅，但红墙青瓦，绿树蓝天，空旷不失幽静，厚重更显内蕴。手，情不自禁地向青砖抚去，掌心顿时带出湿润的凉意。万事万物皆有灵性，何况这样一座"庠序之教"而被琅琅书声浸润过的文庙？

后院的明伦堂，正在举办文化讲座。高低起伏、和谐悦耳的宣讲声，透过屏风隐隐地传来。绕过屏风，走进大成殿和配殿，则是作为当地代表性文化标志的傩戏文化陈列馆。在有着木刻窗花的古木建筑里面，陈列着傩戏文化和龙文化资料。将地理标志，充实到历史文化中来，神圣的安化县文庙，在来来往往的脚步声中，多了份包容，多了份民族文化的语境。

站在圣人像前，顾盼，惶恐，忐忑，局促，踟蹰。我想起五年前，在曲阜拜谒圣林时，朋友向我推介的当地特产楷木香。"楷，楷木也。孔子冢盖树之者"（《说文·木部》）。楷树是孔子的弟子子贡奔丧时，从他经商的海南带回孔林栽植的。可能是沾了孔子的灵气，以楷木内芯为主要原料加工而成的楷香，吸收天地之精华、孔儒之思想内蕴于其中，灵气满满，儒意十足。倘若在沉静清雅之时，燃上一炷楷木香，沏上一壶高山茶，透过袅袅的香雾，嗅着淡淡的清香，烦恼如烟，轻然消散，香雾如同圣人慈祥、亲切又严肃的口吻，耳提面命，让人在醇美感受中得到灵魂的洗礼。

可惜，我没有把朋友的话当一回事。他送给我的那盒曲阜楷木香，在辗转中也不知所终。抱愧于朋友的好意，更是错失了"儒意十足"那缕楷香。

"有朋自远方来，不亦乐乎？"面对我这个懵懵懂懂、鲁鲁莽莽的闯入者，先圣依旧是那样的慈眉善目，那样笑容可掬。

"向先圣上炷清香吧。"跪在圣人像前，我说。

黔地行记

那水

古纤道

一

谁也没有想到，我会落魄到如此地步。湿滑的青苔，毫无顾忌，恣意妄行，掠夺我的天地。

那条与我博弈千年的紫藤，早爬满了我的肌体。即便被风雨打落的残枝败叶，也是肆无忌惮填塞我如手指粗的皱纹。

哮喘，窒息，湮塞。好在一束光射了进来，让我在树叶的缝隙间，有机会看一看远处雄健挺拔的山峰，看一看脚下远行的航船，看一看河沟草棚的美丽蜕变。

我已患白内障。视线模糊，但我的心如那盏高高挂起的灯笼，明亮得很。千百年来，当地人出行就顺着我这条栈道，而上，可通思南、余庆、瓮安；而下，可达沿河、酉阳、彭水，直至长江口。

作为一条走出山寨的纤道，我对这条江的感情无法用语言表达。长风当歌，浩浩荡荡，我是这条江的精气神，是这座山的灵魂。我的一举一动，代表着它们的表情；我的每一个表情，无不承载着一座山寨的向往。

那些老伙伴，比如熊猫（我头顶上的熊洞，就是为找它而挖掘出来的）；比如红豆杉、比如金丝楠木，它们吹过我吹过的风，走过我走过的路。突然之间，变得乖巧起来、沉默起来、躲避与逃离起来。我一直怀疑，它们的肌体里，是不是少了些许豪气；它们的骨骼中，是不是少了些许钙质。它们有着比我更多的生命密码，它们应该有更多的互动、更多的交流。可是，当我一觉醒来，却不见了它们的踪迹。

黑叶猴，是这条江的精灵，也是我够义气的兄弟。尽管山寨换了一次次新衣，它都会走上来，悄悄地告诉我外面的一切。然后，一眨眼又溜到另一道山崖里去了。

我只看到它神秘地翘起尾巴。

二

这条江以多险滩而著称，自古就有"乌江滩连滩，十船九打烂"的魔咒——两岸峡谷连绵，滩多水急，船筏难行，成了一代代乌江儿女心头之痛。

我无法记清楚，聪明的人类是在哪一年，用石头、铁头、木杵在坚硬的岩石上动起了手术，一丝一毫地锉动着。一千年？两千年？四千年？谁也数不清楚，这条纤道已吐过多少个清晨的露水，挨过多少个黄昏的云雾，看过听过多少代乌江人的挥汗如雨和苦苦呻吟。

这条纤道，是一条乌江儿女用脚板踏出来的血路，是一代代纤夫，在历史的风刀中，精心雕刻的生命之道。他们的血泪和汗水，穿越了千年的历史长河；他们的身影已与我们融合成永恒。啸嗷，苍茫，凝固，千年纤路省略了峭壁、省略了巉岩，成为一个超越时空的意象。

人类为我凿开的每一道痕迹，都是纤夫号子的回声。从悬崖上、从峭壁中、从山谷里，号子就打开嗓门，把一条乌江的故事，"嘿呦嘿呦"唱了起来。

载有万斛之重的航船，逆风而上，当行至我的跟前，便有了搁浅、抛锚，无奈地诅咒、重重地叹息。于是，有了一根根紧绷的纤绳，一个个光着身子踏上这条纤道的汉子，就有了字字血泪的喊船号子。

"一声号子（嘿）我一身汗，一声号子（嘿）我一声胆。"那裸膀露背奋力拉纤者，将凄凉而悲壮的拉纤号子，越过山梁。"天上落雨（嘿呦），地上流（嘿呦）。黄皮蚂蚁（嘿呦），在搬家呀（嘿呦）。过路大大（嘿呦），不踩我呀（嘿呦）。为了崽女（嘿呦），才搬家呀（嘿呦）……""嘿呦……嘿呦……"

铿锵，高亢、激昂，气吞山河的拉纤号子，压得住咆哮如雷的江水，喊得起变幻无尽的风景，唱得出居无定所的胸襟。那昂扬的号子，穿越无垠的深谷，透过慢慢的黑夜，把岁月喊碎，把空寂喊碎，把群山喊碎，把我的心也喊碎了。

暴风，骤雨，烈日，月黑，白雪，冰霜，深深浅浅的脚印，像写在我身上的诗行，被岁月装订起来，被乌江收藏起来，成为献给这条古道的勋章。

或许，纤夫没有留意过我的纹路，他们手扒乱石，纤绳勒骨，哪里有心思去考虑这些？

坚实，坚韧，坚硬，是我对纤夫暴露的经脉、夹进脊梁的纤绳、布满血痕的大脚的形容。而那凄怆、拉弓般的身形，写成了我千年峥嵘。

还有比这更骄傲的吗？

三

我无法记住有多少人从这里经过，但我的心头一直烙着他们的脚印。

成书于公元355年之前的《华阳国志·巴志》，有乌江历史上最早的水运记载："司马错率巴蜀众十万、大舶船万艘、米六百万斛，浮江伐楚，取商于之地为黔中郡。"秦国大将司马错，凿岩为路，从这里走上征伐楚地之路。

明洪武十四年（1381）九月，明朝大统帅傅友德，从四川、湖广领兵30余万，从这里远征云贵。

明嘉靖十八年（1539），贵州科举教育之父、时任四川按察使田秋，实地考察，上疏朝廷，请求疏通航道，让百姓不再有拉纤之苦。

明朝将领杜文焕，逆流而上，看到乱石横滩，"扬波喷恨"，振臂一挥，誓死要"打破河关好放舟"，为黎民百姓撑起一片天来。

清光绪三年（1877），四川总督丁宝桢上书朝廷，请准了长达三年的乌江整治，开凿50余道险道，打通乌江"肠梗道"。

……

先贤们，或甩开膀子、喊起号子、拉起绳子，俯瞰大河、贴近大山，拉起纤来；或坐在船上，侧听风雨，在神秘自然的面前，低下头来，静思、狂思、熟思，"役来丁力"，"凿就危梯"，谱出这条乌江的沛然乐章。

这个堪比秦始皇修长城的艰难工程，时间跨度实在太长，付出的劳力实在太多，我无法记录下来了。

有道是，仙界一天，世间百年。我一觉醒来，乌江早已换了人间。"百尺游龙拖匹练"的场景没了，"客过要起岸，货过要人搬；若要强行过，过滩船必翻"的盘滩没了，"端起灵牌吃饭"的纤夫没了，喊得我好苦的拉纤号子没了。

随着乌江蓄水工程的建设，打通各大险滩，机动船代替了木划船，开凿在两岸峭壁上的千年纤道，完成了自己的历史使命，消失在一泓江水之中。

终于可以解脱布满血泡的脚了。可以尽情地欣赏"秋水共长天一色"的江景了。

四

站在秋水之巅，固执地注视着朝夕相伴、汹涌不息的乌江水。一艘艘航船从我身边掠过,江上的人们向我行注目礼。

刻画在岩石上的纤痕,已渐渐淡去;纤道上的脚印,已凝固成了历史。但纤夫的儿孙们,挟带着发自内心伟力的拉纤号子,在另一条河流里奋力拉纤着。腔调没变,歌词更新,沙哑的号子,又一次唱响九天。

我的心跳得厉害,我的梦还继续——绚丽的朝阳,徐徐升起;飘香的山歌,悠悠而来。

一条河流的天机

　　你是河的儿子。自懂事起，就听到父亲唠叨着从家门口穿过的那条蜿蜒小河。他把从山头大大小小的溪水汇聚而来，又辗辗转转流向大江的小河，说得神神秘秘。那神态，似乎每个拐弯处，每个旋涡里，都会滋生出离奇古怪的故事。他无法说出这条小河的"出生"，但他可以说出小河的"丰乳肥臀"。对于出现在小河上的波光粼粼，更是喋喋不休。那个眼神里，好像这条小河藏着某种密码，等待着他去破解。以至于，你从小河走出，穿长江，过黄河，直至大洋彼岸，以各种方式解读河流，都无法读懂父亲眺望小河的眼神。

　　来到黔地，来到大山深处的洋山河，有一种触及灵魂的感觉。

　　辛丑年冬日，雪后初霁，驱车辗转半个多小时，才走近高山峻峰里的洋山河（隶属德江县高山镇）。原以为，这是一条惊涛骇浪、舟楫不止的大河，是洸洋自恣、水波浩荡的水路，是青山巍巍、碧水悠悠的高山平湖。想不到爬到山来，发现自己的主观意识错了。洋山河，与其说是一条河流，不如说是大地撕开的一条细长口子，是上天遗落的一只发夹，也是某个山神赠予土家儿女的一份厚礼。

　　"悬"在高空，向河鸟瞰，不由得生发出这种想象。

　　河水翻越石头后亮出的身影，白花花的，晶莹，剔透，极像一串珍珠，以其优雅的姿势，伸出弯曲的支流，拉起喷薄的山涧，发出"江头骤雨"的壮滩声、"汹涌琮琤"的乱石鸣，刻满了斑驳的记忆时光。

　　武陵深处的德江，不知前世是不是一个火山口，是不是一片深不见底、恣意横流的汪洋大海，亿万年前形成的喀斯特地貌，足以说明当年那场地质变故。那个"连峰去天不盈尺""松涛起处势如潮"的荒蛮大山，突然爆裂开来，绽开一条横跨数公里的口子，削斫，拼凑，组装，于是，活生生诞生了这条河流。千万年来，在森森山风中流淌，在隐秘而绚丽的山谷中洇漫，在等待着时光的认定。

洋山河，似乎为了你的到来，做好了各种铺垫。远处，峰峦与怪石相叠，在寒风中吹着口哨；近处，古树与峭壁并肩，将雪花打落得纷纷扬扬。朝对岸一望，见一块巨石卧身引颈，巨鹰卧巢孵蛋般，露出长脖尖嘴，有着雄风万里之势。只见它在薄薄白雪里，仰望山崖，犹如一道自天而降、"奉天承运"的圣旨，故有"鹰嘴岩""奉天崖"之称。

天地、乾坤、日月、星辰、春暖、冬寒，作为阴阳协调，似乎就在这条河岸上调和鼎鼐。在河东岸，远远地看到高低相拥的两座石峰。高的，英俊清秀；矮的，眉目低垂，俨然是一对情侣相拥。

脚下方，插着几根未燃尽的冥香，尚能看到跪拜过的痕迹。踩在腾空而起、水浪滔天的石岩上，对面情侣峰侧身而立。洋山河这一自然法力，远远超出了人类的想象。我等这些蠕动在山川间的渺小生灵，瞬间就体验了一次神圣的洗礼。

这儿，常年云雾缭绕。密密匝匝的原始雨林，气氛神秘的峡谷山风，"白云抱危石"穿梭嚎叫的大山生灵黑叶猴，"两岸猿声啼不住"与河水的咆哮，互相映衬。一幅散发着洪荒气息的奇异、瑰丽画卷，跨越亿万年，向来者缓缓展开。

这条河，注定是一个渊薮——洞。凭它那股鲁莽之力，就能冲出"一泻千里"。可是，它只是静静地踞在那里，用自己的温度，温暖子民；用一种洞的形式，祥佑后裔。

傩仙洞，就是献给大山最厚实的礼物。

黔地多傩事，尤以黔地德江为盛。傩事，起于何年，无从考证。在德江，关于傩的来历有这样一个说法。从前有个放牛娃在河边拾到了两个人脑壳，见其脸色红润光泽，一种深沉微妙的大气弥漫而来。放牛娃感到奇怪，就用柳枝条编织成兜，把它们弄到洞里供着玩，还捏了不少黄泥巴的小人崽，放在它们的两旁。找来野果作为供品，祭在它们面前。大伙儿高兴时，围着它们唱歌跳舞，过路人见到这一情形，也纷纷加入狂欢行列，有什么灾痛便向它们默默祈求，竟如愿以偿，病除灾消。这样，来祭拜的人越来越多。

一日，太上老君从这儿经过，见洞旁草地香火正旺，烟雾缭绕，人们在此唱唱跳跳，就降下云头，装扮成柴夫来看个究竟。见大伙儿那股热闹劲儿，心里有说不出的高兴。于是，传个坛规——先唱什么、后唱什么、唱什么主题。人们找不到相关的词语描述这活动，就设想一个人有困难，找神相助，便有了"傩"。如有难事，就到洞里请傩，完事后小心翼翼地将傩面请回洞中。那个"捏泥为傩"的放牛娃，守在山洞，煎着鸡蛋，等候这对傩公、傩母的归来。

传说中的这个洞，会不会就是洋山河的傩仙洞？没有找到相关资料佐证，但自古以来，洋山河有个傩仙洞，挂着代表着各路神仙的二十四幅"脸壳子"（傩面）。洞里有一个仍在煎着的鸡蛋，成为千古一谜，成了继"东坡肉""小鸡出壳""中华神鹰""岁月"之后，中国奇石又一项重大发现，写进了史书。

在葱茏之上，在峭壁岩边，一个小平台上，傩仙洞的大门静静地打开着。头顶上，一个硕大无比的傩面挂在山崖。一棵酷似钥匙的灌木，直直地顶立着大门，为一条河注下了某种隐喻。

穿过窄窄的洞门，走过高高低低的廊道，一个如大会堂开阔的空间立在跟前。你曾到过广西凤山，在那个号称世界上唯一的洞穴剧场——穿龙岩剧场，观看过演出。这个天然山洞剧场，宽约300米，高达80米，潺潺作响的山泉沿崖壁而落；岩顶密集倒挂的石乳、石幔，极为震撼。灯光一亮，台上台下，一个剧场浑然天成。如果说，凤山的穿龙岩，是供人娱乐的剧场，那么黔地的洋山河傩仙洞，则是娱神的傩堂。

广场内，三清殿、司法府、灵官殿、元帅府、功曹府等冲傩仪式场所一应俱全。只等乐器一响，傩面一戴，傩堂戏就可以开场了。这是何等大的傩堂？又需要多少人来参与？多少香火来延续？望着熏黑的洞顶，你环整个舞台走了一遭，发现舞台后面有一块仿佛刚刚从天而落的焦灼了的黑石头。

你呆呆地站在那里，想着那块焦灼的石子，是否有当年香火熏陶过的痕迹？

黔地有句关于佛道的话，说得很精辟："道，是生活之道；佛，乃生活之佛。"如佛、道般的傩，更是一种大智慧，有内让，有外包，更具内方外圆的人生哲理。数千年来，成为最富含历史韵味的浓缩与精华。作为傩仙之所的傩仙洞，把自己的内在世界敞亮出来，就如土家儿女那样，默默地、低调地生活在这里。如此一个大广场，竟然让一道狭小的洞门把守着，让时光寸洞开。

"万丈红泉落，迢迢半紫氛。"这是唐代诗人张九龄在观庐山瀑布时的感叹。你想象着岭南诗人面前半红半紫的雾气，想象着庐山瀑布被染成的五彩缤纷。当穿过傩仙洞的"大会堂"往里走，一条像火焰般艳丽的小河，一条像豆浆般雪白的小河，在溶洞里传来哗啦啦的响声。

温暖、热情、奔放，流光溢彩的河水，让山洞顿时显得鲜活起来。你想起一个朋友所说的，在这里可以看到"树叶一样鲜绿的河水，稻子一样金黄的河水，还有本色的透明之水"。

山洞，以自己独特的方式来阐释 "五彩缤纷"这个词语。也难怪，你来的路上、车上，都印满了"五彩洋山河"字样。原来，这是最好的诠释。

而被世间传颂的"天地煎蛋"，正远远地发着金光，等待故人的到来。

这是一块直径半米的石台，上面立着一块由多个花瓣围成的"白玉盘"。盘子里，有一直径约五公分的圆状物，黄澄澄、明晃晃，就像刚刚煎好的荷包蛋，摆在山洞宴席台上，招呼来访的客人。

"天地煎蛋！"你惊呼一声。然后，呼吸在这里停止了，天地在这里静谧了，唯有洞顶滴落的水珠嘀嗒作响，唯有那个"荷包蛋"，在洞内闪闪发光。

你想找一下那个放牛娃。因为，你也曾是一个放牛娃。你们一定有很多牧笛可奏，有许多牛事可谈，有许多关于这座山洞的时光可以追溯。你从这个洞走向那个洞，把藏于洞中各种各样的、形态多变的钟乳石，当成时光的魔力，也当成那个放牛娃。

一直在想，土家族没有自己的文字，如何把这条河流叫得那么响亮？一直在想，身处深山，是不是只要河风嗖嗖、江水滔滔，它的时光书里就不会有潦草的笔画？是不是这儿太僻静，静寂得连郦道元都走错了方向，让徐霞客得不到信息？可能，这片山河太闭塞、太险峻、太雄伟，可能，先辈们的船楫早在乌江搁浅。他们，从庙堂高歌到荒山野岭苦吟，而大山深处的洋山河，成为迷茫与纠结。

雪，毫不顾及"藏龙洞"如万马奔腾、雷霆万钧的回响；绝没念及"羡阳谷"老树的藤萝盘绕、险峻幽深；没有怜悯"鸳鸯涧"的翠峰如簇、云蒸霞蔚，悄无声息地落了下来。簌簌地飘起来，让洋山河又多了一分沧桑。

抬头仰望，炊烟飘香的阡峰寨，那些日渐丰腴的村庄，在风雪中又有一种新的姿势。

洋山河，用一条河流的天机，解说它的时光。

古桥，山寨的流年碎片

德江，是水唱响的，是桥连成的。

境内31条河流，像31根血管，潜行在她的肌体里。在这块土地上，连接两岸的木桥、石桥、钢筋水泥桥，它们在汹涌的波涛中，在潺潺的水声里，在啾啾的鸟语里、在悠悠的山歌声中，与河流相互呼应、相互抒情。天空、牛哞、羊咩、小桥、流水、人家，被无法省略的桥影——漾开，——洇出，直至深邃漫长的时光。

马蹄河桥，"铁索横秋"

桥是水的魂。她，承受着水，守候着山寨的千年人文；连接着生活的此岸与彼岸，骚动着山寨的心房，延伸着人们的眼睛。荆角的马蹄河铁索桥，在水波里，还原一座古桥的本真。

壬寅年季春，应邀去了趟荆角。我们沿河而行，一路路面倾斜。见一矮矮的、磨得精亮的石墩，朋友说，这是德江古八景之一的"铁索横秋"之地，此处曾架起了一座铁索桥。

伫立在绝壁千仞的马蹄河岸上，凝望着带着锈斑的石墩，与早已消失于人们视野、几乎被人遗忘的铁索桥的距离，猛然间拉近起来。魁岸、落寞、悲愤、空寂，在马蹄河上飘荡着。

古时称为断流河的马蹄河，因有一状如马蹄的巨石而名。这里，处于南来北往的关隘要冲，一度演绎着人与自然抗争的历史。"隔河看得清，说话听得明。要想见个面，清早跑到满天星。"那些急着过河，被迫泅水的人因为江窄水急而频发事故。

一代代山寨人，带着亲人葬身鱼腹的悲痛，开始想着架桥以方便通行。当地族谱记载，清嘉庆十二年（1807），因一场大水，用于两岸往来的桥被冲毁。苦于建桥费用太高，人们过河，只得撑竹排，既不方便又不安全。另外，乾隆年间，来自江西的大善人饶调梅，慷慨解囊，曾捐资修建渡口进行义渡。为确保渡口能正常运作，聪明的他购置了"渡口田"，通过田租来"以田养渡"。这个渡口也因乱世，很快已然圮废。

在山寨人心中，路和桥的意义是厚重而深远的。桥倒了，投入的人力、物力落空了，但洪水永远冲不垮他们修桥便民的坚定意志。望着空空荡荡的峡谷，望着滔滔而去的马蹄河，他们一次又一次开始征战两岸。道光元年（1821），乡绅梅育奇"不为流芳千古，只为实现为民便民的义举本心"，坚定地站了出来，提出了捐谷造船"以济人渡"。为一劳永逸，还多方募资，以千金铸造飞架两岸的铁索桥。"其制两头悬链，中穿板如织"，在环环相扣的铁链上，铺上厚实的木板，加大桥的稳固性。此桥一架，峡谷即时变成了通途。这条以河流为背景的铁索桥，水面上倒映着光影，往来称便，被赞称"铁索横秋"。

悠悠岁月，铁索桥看不尽一江春水滚滚而来，拍岸而去；看不尽碧波荡漾，山峦之上，春华秋实；看不尽，驮着盐巴、粮食、土布、棉纱、桐油的马帮和挑夫，人声鼎沸、牛马嘶鸣；看不尽，脚下晃动的韶华。

时光荏苒，铁索桥早就退出了历史。今天，"铁索横秋"的原址上，是一座净跨40米、全长79米、高31米的空腹式石拱大桥。从此，两岸畅通无阻。这座大桥，也从此成了一条宽敞坚实的幸福桥。

微风轻拂，水波荡漾，山、水、桥、天，构成一幅山寨的山水画。镶嵌在大山之间的"铁索横秋"，走进了烟笼袅袅的山寨之中。

花花桥，一门英烈的忠贞

"鸡声茅店月，人迹板桥霜。"唐代著名诗人温庭筠在《商山早行》中，用"霜、茅店、鸡声、人迹、板桥、月"的意象，为游子们勾画了思乡图。板桥，就是游子思乡的导火索，像李白的月光、像杜甫的家书、像苏轼"众中闻謦欬"、像余光中的邮票，藏进游子的心中。来到楠杆上坝，看到这座造型诚如一乘"花轿"的古桥时，我一直在追问自己的乡愁。

"古朴、灵秀，宛如画境的山水田园"，是我对中国传统古村落楠杆上坝古寨的感叹。这座古寨，好似隐藏在绿色海洋上的一叶扁舟，靠着这座古桥作为跳板，来衔接。走过古桥，小桥流水、枯藤老树，化作一股春风，进入山寨的过往，甚至是一个家族的通道。影影绰绰的幽深巷陌，标记着时光刻度。

古寨人，自称杨家将后人，并拿出族谱佐证。那本泛黄的族谱，在秋风里徐徐打开了古寨的历史长卷。北宋名将杨文广之孙杨都刚，奉命驻防黔地德江、务川一带。在军务考察中，恰见这儿山环水绕，前有"和尚崖"作擎，后有"钟鼓山"为靠，状如一大聚宝盆，乃是一个驻军、养军的风水宝地。于是，便令长子杨紫云率军驻扎于此。数百年过去了，古老的营盘，仍清晰可见。

古寨，散发着淡淡清香的百年木屋，雕刻得栩栩如生的雕花窗棂，磨砺得珠圆玉润的青石台阶，风情万种的幽深小巷，再现着杨家将士列队巡逻的身影。如果能爬上山顶，站在营盘上看古寨，就会发现寨子建筑的讲究：以祖屋为坐标，所有新建房子均向钟鼓山的两边分列排序，犹如一个整齐的步兵方阵。

传说在清光绪年间，有一道人云游至此。在惊叹上坝这一世外桃源之时，发现山寨人孔武有力，安于在这块巴掌大的地方生生死死，甘于面朝山崖背朝天，不由得深深感伤起来："好个钟鼓山，可惜和尚不能撞钟鼓。"

道人的叹息，被正在地里干活的村民听到了。村民主动邀请道人进寨，拿出上等好酒，洗净风干的腊味，以山寨最隆重的形式招待客人。

席间，道人还道出玄机。寨口，是山寨的总出入口，也是山寨族人盛衰荣辱的象征。"山主贵、水主富"，从高山潺潺而下的溪流，虽有屈曲、环抱、聚注、深缓，但寨口常年风声飒飒，水流湍急，实为建筑失策。要做到"山环水抱""玉带环腰"，得在寨口种植"风水林"，建集亭、楼、桥、坊、塔于一体的风雨桥，镇风盈水，达到"聚藏财气，增添福禄"的目的。道人还列举修建风雨桥除风水原因外，还可以做其他用场，比如可供村民避雨、纳凉，可以作为山寨的议事大厅。寨子里遇到大、小事情，都可以到桥上商议，拓展族人视野，传承家训家风，团结互助，促其人才辈出。

杨光文、杨光武、杨光富兄弟三人当即行动，请来四川木匠杨通衡，一座桥的墨晕，开始在山水之间洇漫开来。清光绪四年（1878）六月十八日吉时，随着山羊角墨斗吐出来的墨香，古桥正式动工。

川黔负有盛名的木匠杨通衡，采用"卯榫嵌合"建筑方式，不用一钉一铆，凿榫衔接，桥面铺板，两旁设置桥栏、长凳，形成长廊式走道。桥身，由千年古柏树加持，四根柏木交叉作支木，九根上等大柏木作桥梁。桥，长约四丈半，有两层楼高，几头大牛可以平行而过。为了让桥与河流、远山、人行相映成趣，成为山寨一道亮丽风景，他们还精心设计，将桥建成亭阁式样。首层桥体两头进出口为"八"字形，三级石梯进走廊。走廊两旁用柏木板对接成座板，后用拱弯的木条作扶手和装饰。木雕精美，别具匠心，气宇恢宏，反映出先贤高超的建筑水平和艺术特色。桥上还建了一座四角拱翘的瓦阁，俨然是一座衔山越水、遮日避雨的空中走廊，供村民歇憩、议事之用。

山寨人简单，直接，在他们的心目中，桥是山水衍生的，是人与山水的对话。在第二层上，他们将两座小阁楼融进翠竹绿树之中，自然，顺畅，一如人们对土地的亲近与依恋，桥额书有斗大的"镇风"二字，以示建桥者的情感寄托。

桥顶的第三层，是四角带拱的小阁楼。阁楼四角拱翘，每角雕塑一只长颈俯视的仙鹤，四面阁角上挂铜质风铃。大小条木，凿木相吻，以榫衔接。顶点雕塑一圆尖顶，桥的两侧各镂空"福禄"二字，桥的前后分别书写"镇风"和"长寿"。远远看去，像一乘大"花轿"静候在寨口，因而山寨人喜称其"花花桥"。

一座古寨，自从接受着这一脉流水的滋润，承受这一脉流水的洗涤，便把一腔爱恋付诸这一川清波。先辈们的这个壮举，激励着一代代上坝儿女。也从那时起，古寨文气沛然。杨氏一脉走出花花桥，带着荣光走向新的天地者，已无法统计。我们从村民的口中得知，三十来户人家的山寨，就有二十多名大学生。各个时代、各个门类的人才，如山泉水般不断涌现，成为远近美谈，成为古寨的骄傲。

这座古桥，历150年的风雨，仍鲜亮如初，沉静如禅，傲立苍穹，成为大山精神的象征。

结龙桥，打开世界的钥匙

楠杆结龙桥像一把钥匙，在不经意间，打开山寨与远方的时光之门，打开了山寨丰富的想象。

楠杆，位于德江、务川两县要冲，处在通往思州必经的官道上，是川盐入黔、黔油进川的重要关隘，自古是兵家与商家的必争之地。可是，这样一条要道，却让一条深不见底的河流阻挡了两岸交往。岸上，山陡如削；山下，波涛汹涌。两岸来往，或以竹筏渡江；或身负重荷，绕道数十里，举步维艰。由于沟通不便，时常因官税而发生争斗，成为套在楠杆人身上的瓶颈。于是，楠杆先贤们的思维从"水路"转为"空中路线"，经过多方商量研究，决定共同修建架接两岸的大桥。

清嘉庆八年（1803），一声激越的火炮，点起了古桥建设的激情，开启了大桥建设艰苦卓绝的进程。只见，两岸汉子迎着朝阳，揭下头上布帕，拦腰一捆，面对万丈深渊挥起拳头，大声喊道：哦嗬嗬嗬！对面也回应过来：哦嗬嗬嗬！

伤楚、悲愤、激昂，喊山声从谷底激流回响起来，从远处群山沸腾起来，从大山深处回荡起来。

在一声声带血的伐木声、喊山声、吆喝声中，由四根独木托起的大桥，终于抵达两岸，终于成功接龙。这四根独木巨龙般横卧两岸，成了山与水的点缀。23米长、4米宽、离河床达13米高的古桥，简朴、大方、立体感十足，如长虹飞渡，稳稳地联结了两岸。那条微微拱起的弧线，让一条河、一座山寨，有了具象的叙述、实用的表白、灵动的诗意。

桥，是水的眼睛。古桥重重叠叠，又不失简洁。整座桥全为木质结构，两重檐房屋式"回廊"，东西两侧耳房高于正桥，瓦面饰有双龙抱宝脊刹，桥内两侧安装了"美人凳"，供行人休息之用。寓意着两岸龙脉相通、团结互助的"结龙桥"三个大字，悬挂于耳房上。作为跨越、连接、沟通的建筑美学符号，桥构成"龙"的形状，与自然构架出奇妙与虚实、现实与想象的高度统一。除视觉美感外，还渗透着浓郁的土家文化色彩，蕴涵着山寨质朴的神韵。

"桥，水梁也；水梁者，水中之梁也"（《说文解字》）。古桥的前身，本就是一棵棵长在山头的树。为让卧倒在桥上的树，与生长在山上的树相互呼应，让树木与河流之间达成默契，先辈们还在桥旁栽下柏树。与古桥同时代的六棵古柏，仍旧环绕其间，郁郁苍苍，茂茂盛盛，用树木纹理，解说一段历史。

人们对路和桥充满着真挚的感情，寄托了无限的希望。结龙桥的修建，方便了两岸民众的交往，终结了摆渡艰难、船沉人亡的灾难历史，打开了两岸彼此时空，打开了山寨另一个世界，也打开了尘封的时光。除了给人们带来出行的便利外，还作为楠杆的中轴，又承载着两岸的商业、政治文化。

人们常常津津乐道山水的玄妙：隐隐飞桥之处，必是纳福之地，必是"爰得我所"。自古以来，人们乐于水，乐于沿河而居。用清澈的河水，来盈润着生活，用横跨两岸的桥丰富着往来，架起交流经商的便捷通道。作为靠"人聚"的墟市，在大桥落成之时，也是成集之日。有了结龙桥，楠杆墟市成了川、黔经济、政治、文化的一条纽带，成了乌江油盐古道重要驿站。一时间，茶马互市，商贾云集，南来北往，东进西出，风光无限。乡政府（乡村治所）、医院、学校（学堂、私塾）、酒店（伙铺）环桥而立，为这座古桥写下了绝美乐章。

走过古桥，沿小小麻石路向上走，留下的足迹极像一根装订古书的麻线在古寨中穿梭，沧桑，凛冽。坍圮的古建筑，磨得发亮的石板，古集市上飘过的尘埃，覆盖、沉淀。风云传奇的往事，人世间的悲欢离合，天光云影般藏进山茅草丛里。

诗意的鹿溪

在高山腹地鹿溪，一座座幽深的石洞，一片片百年青翠茂盛的密林。穿林而过的石壁，从山上流泻下的泉水，经过石壁后变成一道道瀑布，最适合白鹿的生存。于是，有了一条以鹿命名的山溪——斑鹿溪，有了诗一般的山寨名字，也有了诗意般的栖居。

从高山镇上驱车向大山深处走去，突然发现别有洞天。将车停在一个大大的"鹿"字形树丛下，只见脚下小溪潺潺流淌，两岸恣意生长的雏菊以及那些叫不出名的花草，随着水声寻去，一直伸延到遥远的山山岭岭。

松涛在山风中扬起。与山涧缠绕过来的风，忽而穿过石缝，忽而跌下崖壁，忽而流淌在荆棘丛生的坎坷山岩之间。前方"麻麻洞"，洞内石钟乳、石笋、石地毯等形色多样的景观，用五彩景色装扮起来，出口处，有一座天然形成的天生桥……

忽然，一排排暗红色的土家吊脚楼映入眼帘。沿小溪边的毛土路可以走向吊脚楼。小溪不宽，几米左右，但叠石成底，泉水从山头流下来，一路击着两岸的碎石，哗哗作响。一排排呈暗红色的吊脚楼，随着地形的变化而变化，最前面那排，呈扇形伸展开来，一条一米左右宽的石板路沿着溪水伸向屋檐，两条小溪随屋的变化而变化。楼前有一个水塘，水田里鸭、鹅成群结队，追逐嬉戏。远处，用"油光纸"糊成堤坝的鱼塘，有十来个人正静静地坐在那里垂钓，不时听到他们收获的欢笑声。

　　沿溪而建的吊脚楼，一排一排，向山头伸展开来。走到吊脚楼下，只见一泓山泉自楼柱子下汩出，像都围上了水的裙裾。泉水碰到石柱子，发出怪里怪气的哼叫。一只小狗在楼下伸出头来，轻吠几声，就退到后屋去了。

　　这不就是靖节先生笔下那"结庐在人境，而无车马喧"的情景吗？袅袅炊烟从木瓦房里升起，远远便闻到一股油煎辣椒的香味。一个身着长衫布、头戴白布帕的老妈妈转过身来，微笑着与我们打招呼。

　　听说有不速之客到访，一个身着中山装的老人打开门，将我们迎进屋里。那个很有"土家范"的老太太，忙前忙后，一会儿拿出水果，一会儿又从柜子里拿出"高山绿茶"缓缓地沏入开水中，一会儿又端出酿了几年的红豆杉籽酒，倒下小半杯放到我们手上。

　　"舍南舍北皆春水，但见群鸥日日来。花径不曾缘客扫，蓬门今始为君开。"接过那杯泛着红晕的酒，想起曾经读过的诗圣杜甫那首《客至》。举起杯，向老人举杯致谢，"肯与邻翁相对饮，隔篱呼取尽余杯"，然后，一饮而尽。

　　老人见我们谢绝杀鸡招待，便陪我们环楼走了一遭。但见屋后有一棵小水桶粗的红豆杉树，遒劲的根须裸露在外，溪水从树根里钻了出来，叮叮咚咚，不知泉水藏在树里，还是从山头，越过树苑，欢快地跳跃着。一团巨大的树荫，锅盖般盘在枝干上。红豆籽，如同晶莹剔透的红宝石，挤在绿叶里，在微风吹拂下，与飘在树叶上的雨珠互相衬托，熠熠生辉。馋人的红豆籽，甜汁欲滴，未经主人示意，我们就伸手摘上几粒塞到嘴里，酸甜酸甜，回味无穷。

　　红豆杉，又称植物中的活化石，因其树枝果叶可提取的紫杉醇有抗癌效果而声名鹊起，被称为国宝，是名副其实的"植物大熊猫"，也是国家一级保护植物。老人指着山前山后说，这里一大片红豆杉林，像眼前这么大的红豆杉还有好几棵。20年前，就有人出价20万元要买这棵树，他都没点头。

　　"我们鹿溪村，立村时间特别早。村中有覃、王、冉、杨等姓氏，都是土家族，我们覃氏从陕西迁来这里，依山而居。至于屋前屋后的古树，到底有多少年，大家都不清楚。但可以肯定的是，我们的祖辈，都在它守护下长大又老去的。当年土匪横行时，大伙躲在这些古树丛中，逃过生劫。这些古树，莫说是国家保护树种，就是普通的古树，我也舍不得，要守护着它们。"老人用手指理了理半白的头发，不紧不慢地说。

　　老人叫覃守生，已有75岁高龄，从高山中学教师岗位退休后就回到家乡鹿溪。日出，来摸一下树干；日落，来抚一下树叶，与这棵红豆杉朝夕相伴。儿女们早已走出大山，到县城或更远的地方工作和生活。但他与老伴离不开这棵古树，离不开吊脚楼，离不开这里的风和雨，依旧厮守在这里，默默守望这棵古树。

　　我们都沉默了。老人逝去的青春与它有关，老人生命的精彩也一定与它有关。而老人的名字，是否与这棵古树有着关联？

　　比覃守生小两岁的覃守和，看着我们的到来，也远远地向我们打招呼，热情地拉着我们到他家去做客。他家是一座连排五间的吊脚楼，公路直通到家门口。刚走进屋里，老人便揭开锅盖，拿出煨得热乎乎的红薯，热情地塞到我们手中。头顶上，几块油光发亮的腊肉，在微风中招呼来客。

　　"涿鹿闻中冀，秦原辟帝畿。柰花开旧苑，萍叶蔼前诗。"沿着一泓清澈见底的溪水，我们溯流而上，秀美逶迤的山岭在身边蜿蜒盘旋。明净的鹿溪河，如同一条晶莹的白练在上空飞舞；群山苍翠，烟波荡漾，如同一面奇幻的镜子，倒映出山寨的万物与生机。

　　——另一个洞天即将打开，诗意的家园向我们徐徐而来。

　　身后，两个老人仍站在那里，向我们挥手。

上堰听茶

从德江穿过"德务公路"，曲曲折折，车停在高山之巅。朋友说：平原到了。我傻了眼，怀疑起自己的听觉。这哪里是我想象中的"天似穹庐，笼盖四野"的"平原"？分明是万壑有声、数峰无语的"远上寒山"。朋友笑笑："德江有句话叫'高山不高，平原不平'，你懂的。"

去平原镇上堰的路，更不好走。毛毛细雨，似乎比我们更想早点靠近这里，赶在我们的前面，把大山洗得清亮清亮。可是，到了上堰，方才感受出古人对"堰"字命名的无穷魅力。穿过一条狭长的街道，走不到五公里，一座座"潜筑土以壅水"的"堰"，从车窗"飘来"。望着窗外，明代画家沈周的题画，似乎也飘进了车窗。"碧水丹山映杖藜，夕阳犹在小桥西"，好一个"碧水丹山"，老前辈的诗印证在黔地这个山巅了。

潮潮润润的上堰，就那样安坐在大山深处。

雾，不由分说地罩了下来。几座吊脚楼，神神秘秘地立在烟雨之中。一条条宛若玉带的溪流，从涧谷里飘出，又从前方挂了下来，绵延而去。山，几近天空；云，时远时近；雨，来去匆匆；雾，亦不甘示弱，在山头缭绕来又缭绕去；松涛，则闹过一阵又一阵。脚下厚厚的松针，像一块红地毯，向着山路铺去。一股股幽幽的清香，自远而近，缓缓而来。

雾锁千木，云开万壑。茂林修竹间，玉带般的"堰"，环绕着温温润润的山、清清净净的水、芬芬芳芳的土，以及与山泉、云雀为伍的树，这些就是珍品白茶乐居之所。云培雾养，一瓣瓣香飘四海的白茶，破胚而出、立芽而来。在催春的号子声中，或羞涩地躲在林角碎石边，或豪迈地立于丘陵山谷间，用翠绿来讲述山寨的故事。

站在上堰之巅，放眼望去，都是翠绿一片。青山跌跌宕宕，任微风轻轻一拂，泛起层层涟漪。于是，山变得更为妖娆，水变得更加妩媚。于是，这方山水，被赋予了茶乡之名；这条通向山外的大道，被称为茶马古道，被写进"丝茶要路"。

松针铺就的山路，在细雨里显得更加清远悠长。走上山头，一望无际的葱绿，一垄垄半个子高的茶树，在细雨中争相向来人示意。

春节刚过，茶树缝里还残留着积雪。没有遇上采茶姑娘手提竹笼，身着裙裾，面含俏色，纤手摘茶的场景；没有听到"喜鹊叫喳喳，茶歌飘山崖，茶叶嫩油哒，双手快如剪子夹"的采茶山歌。但走进茶园，似乎看到垄垄茶树，正嗅着春天的气息，努力地钻出密密麻麻的小嫩芽，在茶地里舒展饱满又坚实的小身体，从繁密的老叶枝丫中迫不及待地探出头来，与催春的山雀对话。

走进山寨，依偎在火塘边。人刚落座，一杯热腾腾的白茶送到手上。刚从茶园下来，寒气有点逼人，一杯汤色清亮的热茶捧在手上，淡淡的茶香随着蒸腾的热气弥漫开来。杯里如金针一样的茶叶，伸着柔长的双臂，抓住直向上冒的热水，一根根耸立了起来又扑了下去，然后慢慢地向后仰着。像一个舞者，在水里静静地踮着足尖。那份虔诚，那份倾慕，是那样的暖身。我颇有耐心地品咂着，轻轻地呷上一口，刹那间，一股沁人的香味直透肺腑，又是如此的暖心。

窗外，雾把整个山头包裹，山便在雾中安静起来。独居深山，远离烦嚣，隐匿秘地，茶，就是"清心"，就是"涤烦"，就是内心的幽静。而黔地上堰，五尺来宽的古道，是不是藏着人间秘境？

唐代茶学家陆羽，在云游各地之后写下的《茶经》，多次提到这里。"（茶）黔中生思州、播州、费州、夷州……往昔得之，其味极佳。"北宋地理学家乐史，曾在他那本著名的地理总志《太平寰宇记》中，不惜笔墨："夷州、播州、思州以茶为贡。"以上各州位于今遵义、铜仁境内，德江属思州、费州。看来，随着茶马古道和丝茶之路的传播，古时德江白茶已享有较高的声誉，走出自己的姿势。

上堰，这个坐落于武陵山深处的山寨，那片白茶，在一个不经意间，走出层峦叠嶂，走向了通向京城、通向世界的大舞台。当时京城的茶客品过后，用了八个字进行描述："淡香四溢，回味无穷。"一时，上堰白茶，声名鹊起，奇货可居。上堰白茶，如何被朝廷视为贡品，如何被山外推介，如何在山内耕耘，基于时代久远，加上经年的战乱，那些藏在叶子里的记载，已然不存，但是口口相传的是这块风云的土地，与四季常青的口碑。

"白茶，自为一种，与常茶不同。其条敷阐，其叶莹薄，林崖之间，偶然生出虽非人力所可致。"宋徽宗赵佶是一个品茶高手，他在某次品茶大会上，发表了《大观茶论》的遑遑大论。这个白茶"代言人"，或许卖了一个关子，没有讲明白茶源于何处。900年来，飘逸在"茶皇帝"茶杯里的白茶，到底产于哪座青山，哪座茶园，成为难解之谜。一次在贵阳的茶室里，主人听说我们来自德江，便兴奋地拿出一撮上堰的"白芸春"说，大山深处、雾蒙云罩的德江，就是赵佶皇帝杯中那片白茶的原产地。言之凿凿、引经据典，似乎不容置疑。

还有人曾借了北宋晁说之的诗，填上上堰的字句"留官莫去且徘徊，官有白茶上堰来。便觉武陵风景好，为渠明日更重来"来比喻上堰白茶这一奇珍。

这些，虽是茶桌上的谈资，但可以看出，上堰白茶，用最天然的味道，让品茶者与黔地多彩山水紧紧相连起来。它带着大山的朝雾，带着山寨的期盼，带着一份土家人的荣光，走向山外，走向更宽的舞台。

世事悠悠，那条通往外面花花世界、展示上堰魅力的古道，在一场一场战火中不幸夭断，但代代上堰人，怀着对大山的执着，在一兜兜遗落在山脚的白茶根基上，寻求新路。

上堰儿子，似乎是"为茶而生"。在那段特殊的日子里，他们将残存在山边、碎石里的白茶苗，进行培植，借助神秘莫测的山水，在白茶的图画里着描色彩。刚开始，谁也不会相信"一片叶子就能致富一方百姓"，甚至持抵触情绪。即使请来挖土机，帮助他们开垦荒山，准备大面积种植白茶时，仍然有村民死活不让。或拦路，不让镇上干部群众上山栽培茶苗的；或躺在挖土机上，阻止机器操作的；或集体上访，给他们施加压力的。总之，刚开始，压力比茶芽遇上倒春寒还要厉害。直到有了好收成，大伙儿才眼前一亮，那些持观望态度的农户，也纷纷加入了种植行业。一年年，一批批，上堰白茶的收获，像春天一样蓬蓬勃勃。山寨人尝到了甜头，迈开了步子，更是拓展了思路，发誓要把老祖宗留下的野生古茶资源，做大做强。

豪爽的黔地人，大块吃肉，大碗喝酒，大声喊山，似乎一个"大"字就能体现他们大山般的性格。但，对于喝茶，他们却斯斯文文地称为"听茶"。他们已将茶壶的春秋，禅意起来，将茶垄村烟的岁月激荡起来。"幽借山巅云雾质，香分岩面蕙兰魂。"杯中飘舞的茶叶小嘴张开，喁喁私语——是在说深藏在山寨的故事？是聊"上堰白云倾，潮声触山回"的诗句？群峰之中、山谷之上，所有春意盎然，所有的鸟语花香，都汇聚在一杯香茗之中。

随着沸水的注入，实重饱满的白茶芽尖，将蜷曲紧缩的身子一点点舒展开来，原先绷紧的外层"苞衣"在水杯里浮动，渐渐润泽起来。如天上的云朵起舞，又如水草在水中摇曳。在岭南都市，舌尖早被咖啡和甜饮宠坏，但禁不住大山白茶的诱惑，苦、甜、涩、香、醇，*丝丝回甘*。

清淡的茶香从浅杏的茶汤里氤氲而出，弥漫着整个火塘，又向窗外飘去。

熬熬茶，孃孃的味道

平生没有什么嗜好，总觉得茶与酒都是水做的，酒无论多贵，喝到嘴里就是一个"烈"字；茶无论红绿，往水里一灌，无非是水中加了点颜色而已。

几年前，曾收到过朋友书赠一幅行书，是唐人钱起关于饮茶的诗。朋友说，饮茶是一种生活。某个清闲时分，约上三五知己，围坐在竹林里，把盏临风，片片紫色的叶片在茶杯里翻转，落在树头的蝉鸣声，微风轻拂下的竹叶声、茶杯盖的刮茶声，交织起来。什么清风明月、云卷云舒，什么浮云流水、苍山如黛，什么静野幽林、锦绣似海，尽在唇舌生香之中。那副神乎其神的样子，似乎他就是茶圣陆羽，就是茶怪郑板桥，就是茶仙苏东坡。我对于茶道总提不起劲来，更谈不上嗜好了。

初到德江，有朋友曾说在某天到60余公里外的楠杆乡吃熬熬茶，说得嘴巴要流出油来，好像那杯茶让他成为茶仙卢仝，可以"欲乘清风归去，到人间仙境蓬莱山上"。

"是什么样的名贵茶叶，让你能远山远水地去品？"真有点莫名其妙。

"那不是茶，是德江的美食。"朋友说，熬熬茶是山寨人用来待客的一种美味佳肴。用"油"和"茶"加佐料熬制而成，由于工艺流程繁琐，熬制过程复杂、需要时间长，当地人便称之为"熬熬茶"。

"别小看这碗茶，它可是当地特产，早在2014年就入选贵州省非物质文化遗产名录。"

熬熬茶，于是成了一种悬念，时常想着去感受一下。

辛丑年冬日，趁在楠杆长远村下乡机会，朋友说，去吃吃纯正的德江土家味道熬熬茶。她说，在楠杆帮扶工作好几年了，但还没去过非遗传承人余再蓉余嬢嬢（土家话，对女性长辈的尊称）家，没有吃过她亲手熬制的熬熬茶。"做熬熬茶是费工夫的，至少要提前一个小时预订。"她边说边拨通电话，约了个时辰便驱车赶往那儿。

车，七拐八拐，终于来到一栋新建的楼房前。一个老爷子正从楼后厨房里端出一大铁铲木炭往侧边火灶里添，金黄的糍粑在铁锅里嗞嗞作响。见我们走来，头戴白帕、身着红外套、胸挂花围裙的余嬢嬢迎了上来，引我们入室看座，烤火，喝茶。

走进内屋，但见案板上叠着满满的"米花饼"，上面用彩色食料画满了"福、禄、寿、喜"以及兰花、金丝楠木叶等吉祥的字画。台上，还摆放着鸡蛋、土豆、麻饼、红薯等食品。

堂屋里已坐了两桌人，有老人，也有小孩，他们正在兴高采烈地吃着茶。那场面，像品尝着稀世珍肴一样。

茶有千百种，美食也有千百种，为什么在德江楠杆，以熬制茶叶、食品制成的熬熬茶能闻名于世，纳入了省级非物质文化遗产名录？这中间，一定有上苍才能知悉的历史与血缘相连的秘密。

坐在火炉边正在吃茶的老人，给我们讲起一段"古"来。

楠杆盛产古树，古树群有好几处，就连稀珍的千年金丝楠木也有好几棵。古茶树也不例外，有一棵几百年的茶树，整个儿枝叶繁茂、冠盖如云。据说，这棵树在百岁那年长势正旺，片片绿叶，一夜之间立了出来，绿油油，亮闪闪，招人喜爱。突然在一个中午，传来一声巨响，瞬间雷电交加，天昏地暗，雷电过后，古老大茶树应声倒下。

乡亲们闻讯走进大山，见古茶树贴地的树叶，慢慢变黄，慢慢地枯萎起来；树皮慢慢脱落，古茶树像一个即将离开人世的老人，艰难地喘着气。他们一边清理大树身上的污泥，打扫掉落在地上的残渣败叶，一边商议请来傩艺师作法，为茶树"超度"。想不到傩艺师把祭坛一摆，锣鼓一响，牛角一吹，雄鸡一叫，茶树缓缓地回过神来，竟然起死回生。山寨人认定这是一棵神树，顶礼膜拜之后，摘下茶叶和祭祀食品一起熬制，犒劳大伙。经过熬制出来的食品，味道鲜美，食后整个人都显得神清气爽起来。从那时开始，楠杆人就有了做熬熬茶的传统。

如果说，前面是神话传说，另外一个则是关于一场战争的传说。老人说，在清朝时，黔地南北两号相争，住在楠杆水井湾的一位名叫杨怀远的土著首领，为了抵御北号人，将自己的部下带到狮子山上安营扎寨。由于没有做好前期准备，粮草未能充足供给，战士们食不果腹，心慌意乱、精神萎靡不振。首领便想出一个办法，着人采来茶叶，打来山泉水，配上五谷杂粮，熬来给大伙儿吃。吃了这熬熬茶，他们果真精力充沛。杨将军见状，一鼓作气，调兵遣将，乘胜追击，将北号人杀得落花流水，大获全胜。驱逐了外强，保住了家园。人们为了纪念他们，仿照当年的熬法熬茶招待来宾，熬熬茶便流传至今。

尽管这都是传说，但数百年来，身在大山里的德江人，用一锅熬熬茶演绎着动人的民间故事；用米花、油茶丰富着自己的饮食文化；用上天赐予的美味，招待四面八方的朋友；用热情好客，来展示土家人质朴勤劳和智慧。

熬熬茶味道鲜美，故事动人，但要制作起来，其过程可谓"煎熬"。余嬢嬢站在灶台边，上面有一口盛着茶水的大锅，她使劲地拿着一把木铲子搅拌。一个个"气鼓鼓"的"茶泡"随搅拌的木桨翻滚，滚打、生发、喷出，缕缕清香也随之弥漫出来。

"要不停地搅和，千万不要粘锅，起了锅巴就不好。"我抢着拿木铲在锅里搅拌，余嬢嬢怕我搅得不均匀，弄坏茶的"火候"，一个劲地催。

余嬢嬢曾随做生意办工厂的儿子到过浙江等地，普通话说得"麻溜"（好）。她说，她是六岁时就开始在嬢嬢（姑妈）屁股后面学做熬熬茶，算起来差不多七十来年了。

做熬熬茶，要先把糯米打碎成细粉后，用猪油调和，再将黄豆、花生、核桃等放入油锅中炒焦变黄后，放入茶叶和芝麻，如是炒过几遍，加入少许山泉水煮沸，用木瓢使劲压磨，直到碾压成糯糊状，再添加食盐等佐料，熬熬茶才算熬作成功。

"味道，关键出在磨压的功夫上。磨压得越细越好，熬出来才黏稠。"余嬢嬢说，做茶时要放在"三水锅"里翻炒，炉子里要"放细火"，到了"火候"时再加佐料，再不停地翻炒，不停地旋转磨压，工序循循环环，反反复复，等锅里的水泡泡慢慢消散，再用锅盖盖好，让茶在里面焖，待上面结出一层薄皮，才是香飘满庭、令人垂涎欲滴的熬熬茶。

要想留住舌尖上的记忆，就得贯注情感，契合山水，嵌入当地的风俗。余嬢嬢做茶是有讲究的：米，是自己家里种的上好糯米和粳米，颗颗新鲜饱满；糖，是自家熬的米糖；茶叶，是自己上山亲手摘的，鲜嫩鲜嫩。山里人的茶，是山的精灵。米花、苞谷放在其外，再放几朵未熬制的茶叶，里面还添加几颗山果，将手艺与情感倾注在整个工艺里。

一碗茶，一做就是七十来年。七十年，茶树花开花落，砍了又栽，栽了又砍，但没有中断他们对熬熬茶的追求。在七十年里，他们继承传统又不忘创新，拜师求艺，科学研究不断改善工艺，从现代人的需求出发，将熬熬茶融进"色、香、味、形、土"之中。这样，熬制出来的熬熬茶既清香可口，又充饥解渴，还能提神醒脑，成为一道唱响黔地的美食。在普及电气化的今天，电炉、液化气早已走进山寨，但他们舍不得丝丝入微的熬制工艺，依旧架起简易的炉灶用柴火烤糍粑，用大铁锅搅茶水，用深山里自然倒下的老树作柴火。这样做出来的熬熬茶，何尝不是"嬢嬢的味道"？

余嬢嬢一边搅着茶水，一边招呼客人。锅里的茶水蒸气在桨片下直冲而来，一不小心冲到老人的眼里。多么熟悉的情景——如果我的母亲还健在……一瞬间，锅里的浆片仿佛触摸到灵魂。

七十年，于一棵古茶树而言，就是一瞬，但对于一个专注舌尖上沉香的人来说，漫长又痛苦。余嬢嬢，一定是山寨坚守者的缩影。一碗人间美食，七十年的传承，七十年的研发，七十年的山水史诗，不再是一个人的秘密，不再是一个人的非遗，她早已将这门手艺传给左邻右舍，让大伙儿共同为这道人间烟火添柴加温；好在，性格开朗、聪明好学的她，学会使用网络，玩起抖音。在虎年初一，她还给我发来团团圆圆的熬熬茶照片呢。

鲁迅先生曾说："有好茶喝，会喝好茶，是一种清福。"对于那些兴高采烈的客人来说，熬熬茶正是守住黔地土家人的烟火，武陵山那棵古茶树的清福。

煎茶"刨汤"

　　甘伟在电话那头说到 "吃刨汤" 三个字时，一定是眉飞色舞。他拖着诱惑的口气说，你可以不吃，但不可以失去在德江"吃"上这个风俗的机会。

　　放下手机，还未及整理好办公室，他的电话又来了。他说，车已到了办公楼的下面，不方便停车，让我迅速下楼，"去领略煎茶刨汤风味"。

　　煎茶，是德江县的一个乡镇。刚去德江时，就听说这个地名，查了好多资料，发现它的命名并非与茶有关，与"煎"字关系也不大。

　　在煎茶镇谋职的甘伟，是我在贵州就学时的同学。出生在毗邻的山寨，在这儿生活、工作十几年，也算得上煎茶人了。热情的他，几天前还陪我们去了趟中国传统村落付家村和都司墓。这次，专程接我去离县城四十里外的煎茶吃"刨汤"。

　　"杀年猪""吃刨汤"，是土家人隆重的年事。甘伟一边开着车，一边谈起他们的土家风俗来。杀年猪时，要选一个黄道吉日，请一个口碑好、手艺精的杀猪匠，再邀请寨子里身强力壮的乡亲来帮忙。杀猪前，主人家与屠夫先向堂厅祖先神位祷告，恭请祖先"回来过年"，共享"刨汤"，祈求来年风调雨顺。在杀猪过程中，不得讲"对神明不恭、世情不敬"的话。待主人与屠夫互对一大段"好话"后，将年猪从猪圈里赶出来，送它"登天"。杀猪时，能"过山快"预示兆头顺利，来年平安兴旺。如果哪家年猪迟迟不能断气，甚至倒地后又站了起来，就会被认为有"孤魂野鬼"作怪，要立马用冥钱蘸上猪血，一边烧纸敬天祭地，一边念念有词"斥鬼神"，待冥钱全部成尘后，方才安心，来年过得才舒畅。

杀年猪，是一件全寨子的喜事；"吃刨汤"，是土家人待客的最高礼遇。这儿流传着一整套"杀年猪，吃刨汤"的特色民间习俗：主人用年猪肉置办的酒席，席中寓意"长长久久"的酒；猪肠是必不可少的，寓意着"长（肠）龙过江"的火锅也是必备。他们选用肉块头大的"槽头肉"作主菜，配备爆炒猪腰、猪肝、猪肚，凉拌生猪血，成为刨汤肉的重要材料。

山寨已下起毛毛细雨，冻得人直打哆嗦。穿过一排吊脚楼，就来到同为同学的杨彪新建楼房前。杨彪，正忙上忙下，一会儿招呼来客，一会儿安排厨师。看到他那副手忙脚乱的样子，我们也不用他客气招呼，楼上楼下走了一圈。

楼，有点"土洋结合"。说是楼房，却不失土家吊脚楼的特色，前面可以容纳七八张桌子的大厅，后面则是吊脚楼。

楼下的左边柱上，正挂着刚刚解剖好的年猪，一口大铁锅放在铺头边上，一大块摆在案板上的猪臀肉，在厨师的刀起刀落间，成方成条地滚入大锅。

一股浓浓的年味，嗞嗞作响起来。

"乡心新岁切，天畔独潜然。"唐代诗人刘长卿的这句话，最适合我此时的心情。年过五旬，跑到远隔家乡千里的黔地参与"东西部协作"。每天，一个人孤零零地发呆，一次次在日历上写着归乡的时刻。年关越近、年味越浓，恋乡之情越深。

过年，是少年时期的梦。那时候，家里实在太穷，急切地盼望着过年、掰数着杀年猪的日子，盼望着吃上一顿饱饭，让干瘪的嘴巴挂几滴油香。杀猪那天，一定会把院子打扫得干干净净，主动去井里挑水，烧一锅烫猪用的开水。有时还会被呼去接村里头的屠夫，帮他担上铁钩、锥、刀、绳索、"挺棍"（铁条或者钢条）等杀猪"行头"。

待收拾得差不多了，就将猪从猪圈里拖出，按在一张厚实的凳子上。杀猪匠一只手抓住猪嘴，一只手操起一把尖刀直抵猪喉，用一个木盆接喷出来的猪血。

"牛皮不是吹的"，可是"吹猪皮"已司空见惯了。为了更好地烫皮去毛，杀猪匠在把猪放完血之后，将猪蹄子处割开一道小口，用"挺棍"插进猪皮里，左捅右捅，在穿透全身后，用嘴对着刀口猛向里头吹起气，边吹边让我们用棍子敲打猪的四蹄处。越吹越猛，猪体也越吹越圆。之前那个凹陷的猪肚子，渐渐胀鼓起来，圆滚圆滚的。小小的我们，这个时候也成了帮手，一个劲用捶衣棍往猪身上打，打得越快，猪皮越吹得好。其他帮手用木瓢从"荷叶锅"里打来开水，一个劲地往猪身上浇（这个时候，便明白"死猪不怕开水烫"的道理），一边浇水一边清理猪毛。

年关时分，只要听得猪叫声，就会随着声音去看"吹猪皮"，有时还能混上几口"猪血肉"吃。勤快的还会得到杀猪匠的特别"犒劳"，偷偷地塞给个"猪尿包"。小伙伴们拿着"猪尿包"，一路追打着，将它吹成气球，踢来踢去，一玩就是大半天。

三十年前，含泪挥别家乡亲人、远征他乡时，母亲拉着我的手，一直在叨唠着：快过年了，待杀年猪后再走呀。面对远方的召唤，我不得不拉开母亲的手，安慰老人：明年一定回来，回来一起过大年。

可是，这个"一定"竟然成了人生的一大遗憾。三十年来，再没有看到过杀年猪的热闹场面。杀年猪这一场景带来的浓浓年味，一直嵌在记忆深处。

杨彪家新楼大堂，已坐上了六七桌来宾。有如我一样从县城赶过来的朋友，有从山寨里请来的乡亲，有左邻右舍。认识的，不认识的，大伙儿围炉而坐，纸烟一点，酒杯一碰，家常一唠，不一会儿就熟络了。

正堂上的祖先神位，刚刚洒上猪血。刚开锅的"块头肉"已摆在案前，一家大小齐刷刷地立在神位前鞠躬、焚香、上贡。待一声鞭炮响，刨汤宴开始了。

第一道菜，就是浸在火锅里的肥猪肉。有手掌那样大块的猪肉，通过柴火炖熟，色泽金黄，汤汁浓郁，散发出迷人的香味。

作为山里的孩子，也是吃过山猪长大的，但还没有见过他们这样将这么大块的猪肉"打火锅"。一块肉看起来就二两重，足见煎茶人的大气、豪爽。刚开始，有点拘谨，见大伙儿毫不客气地捧起大碗喝酒，夹起大块猪肉往嘴里送，便放下了客套，放下了"优雅"，举着筷子伸向菜碟。吃到了儿时猪肉的鲜嫩，吃到了久违的细腻，吃到了山寨年俗的嚼劲，更吃出了什么叫大快朵颐、什么叫肥而不腻、什么叫入口即香。

甘伟说，这头猪养了差不多一年时间。山寨的猪，每天都会被赶到山坡上觅食，吃的是原生态猪草（偶尔还会碰上几棵"黄精"苗），喝的是纯正"山泉水"，跑的是"原始森林道"。到了腊月，猪长得膘肥体壮，就是一道美妙的年味。

酒过三巡，菜也上了九盘十大碗的，大伙儿酒醉饭饱，油光焕发。随着酒兴，有人拿出锅底下的柴火，堆在院子前面的坪地上，跳起篝火舞来。平日的劳累、客套的繁文缛节，早就被丢到寨边的小河里去了。香喷喷的刨汤、热辣辣的苞谷酒，以及动情的山歌、热情的舞蹈、激越的掌声，在篝火边燃烧，并且烧得越来越旺。

原来，煎茶"刨汤"，还"刨"着熊熊燃烧的篝火，"刨"着激情四射的歌舞，"刨"着风调雨顺的来年。

黔地行记

那人

观 傩

　　"你这伢子，就听不得'响乐声'。"几十年过去了，依旧记得母亲拿着扫把，从上村追到下村、从小河这头追到小河那头的那副嗔怒样子。

　　咱们村是一个大村子，1500多名子民沿一条小河生息着。小河就像日子一样，看似笔直，却一路嘻嘻哈哈地走着、流着，一会儿分出一个岔路口，一会儿划出一个"小山包"，一会儿冲出一块南瓜地。哪怕是河岸的杨树、"桉椿"，在某个时段，也活生生地长出一个"骨节"。

　　这个"骨节"，就是小河里划出的声音，就是从河上下头传来的声声器乐声。村里人的词语十分形象，用"响乐"这个单纯的词语，来统称十八般"器乐"。那个时候，村子里没有什么娱乐，最让人牵肠挂肚的就是村里头的"响乐"声。一旦乐声响起，便是村里头的狂欢。人们放下裤脚，在河里头简简单单地洗一下脚上的泥巴，就朝着"响乐"声的地方走去。

　　在乡下，"响乐"分两种：一种是集体狂欢，专门设在祠堂大戏台的"大戏"。一般在农历正月初三到十五，有着时间管制，就像大年三十的"凳板肉"那样，年复一年地吸引着"心馋"的村民。一种是族人"治丧乐"。这种响乐，是突如其来的，尤其是在腊月，村里头老人熬不过天寒地冻而作别亲人，寻求另一个"响乐"世界。像沿村而过的小河突然之间长出的"骨节"一样，生生地发出"枝节"，生生地响起了"响乐"。

我听不懂什么是"长乐"，什么是"短乐"，但那声重重的锣鼓声响，就知道一个人要出场。这个人，就是村里绰号叫"抓力虎"的人。

不知道，他为什么被人取了这么一个绰号。他，绝对没有那种"风姿特秀、萧萧肃肃"虎背熊腰般雄风，没有那种"爽朗清举、龙章凤姿"天生质成的风趣，没有那种"玉树临风、潇洒倜傥"风度翩翩的气质。他，矮小似侏儒，精瘦如干柴，黝黑像煤炭。可就这样一个人物，当村子里的响乐声越过小河，爬过牛背，跳过人们的脚步和呼叫，那个蜡黄的"鬼脑壳"一戴，就成村里头老老少少所争捧的人物。

戏台上，烂蒲扇经"抓力虎"手中一挥，便不再是那个弱不禁风的"鸦片鬼"了。干干瘪瘪的眼睛，瞬间从木罩里闪闪发光起来；萎靡不振、"病病歪歪"的脚步，在拥挤的人流中，立马变得稳重起来。时不时地，还从长袖里掏鼓出几粒"纸包糖"，向我们洒来。

"快点抢，抢一下就开心快乐，抢一下就像狗崽崽、牛崽崽那样好养。"见红红绿绿的糖果飞来，我们恨不得再长高三尺，再蹦高一丈，连散落的包糖纸也不放过。

治丧中的"抓力虎"，神情忧郁，蜷伏在裹着白布的棺材前面。要么用烂扇子逗着雄狮，要么与棺材前哭得天昏地暗的孝家一样，悲惨尖厉地唱着号歌，仿佛棺材里躺着的是他亲爹亲娘。我曾好几次看到"抓力虎"在那个木罩里流出泪来，打湿了木罩。

哥哥告诉我，"抓力虎"那个表演，就是傩戏。

哥哥说，傩是古代驱疫降福、祈福禳灾、消难纳吉的祭礼仪式。人们出于对神谦恭和畏惧，傩艺师便戴上面具。于是，人、神、巫、鬼搅和在一起，就有了一种精神寄托。

哥哥怕我不认识这个字，专门用粉笔在木门上写了下来。

在有限的认知里，小村婉转的"响乐"声，"抓力虎"撩着长胡须、晃着木脑壳、那把烂蒲扇疯疯癫癫而生发出来的神秘汉字"傩"，占据了我小小的脑中。

后来，读过《论语·乡党》，读过《事物纪原》，读过《说文解字》，对傩与傩祭也有了更深的了解。知道，这是酬神又娱人的"巫歌傩舞"，这是人们的图腾崇拜。准确地讲，是上古时期先民创造的一种驱逐疫鬼的原始宗教活动，在商周时期傩事活动极为盛行。每逢傩事活动，人们戴着各种"面具"，装扮各色神灵，演绎各式活动，这些面具被赋予了种种复杂而神秘的宗教和民俗含义。"方相氏掌蒙熊皮，黄金四目，玄衣朱裳。"《周礼·夏官》记载，为了达到强烈的祭祖效果，商周时期主持傩祭的方相氏佩戴着"黄金四目"神秘可畏的面具，"执戈扬盾，帅百隶而时摊，以索室驱疫"，便成了驱鬼逐疫、消灾纳吉的"神化形象"。傩面，把存续的民俗用脸庞的模式，张扬着最为原始的人生理想、生命崇拜、欲望、困惑、痛苦与不安。用傩的仪式，昭示着一个时代的文明。

在千年浴火淬炼中，它们或许是因为地处偏僻、信息不通、文化交融不多而被标本化，或许是因为完整性、富有哲理性而引起社会的关注，或许是因为映射人的内心痛楚、欢欣，而在一次次文化洗礼中获得一丝生机。傩文化就像一只萤火虫，闪烁在中国社会文明进步漫漫征程之中。

辛丑年深秋，我跨越山海，走进了这个被外界差点遗忘，又让人惦念不已的黔地德江。这里，自古为土家族等少数民族聚居之地。傩事活动频繁，有"傩戏之乡""中国戏剧活化石"美誉。

德江，迎接我的是一场蒙蒙细雨。

二

雨，是一个婉约的词语。它，可以从山头的石缝里探出头来，从寨子的土瓦里张扬火烟，从寨口的古树里宣告季节。"飒飒秋雨中，浅浅石溜泻"，隐隐然蕴涵着一种气象。

稳坪，也是一个婉约的词语。这个黔地小乡镇，像飘落的一粒细雨，藏进深山之中。即便翻烂了中国地图册，也难以找到它的踪影。它四面皆山，犹如碗形，加上辖内有一片形如碗状的洼地，一年四季清泉常流，被称宛平。

在中国地理上，"宛平"可是一个大地方。京南门户，400年前就为屯兵守卫京城而建的城市。真不知先辈是什么样的冲动，将这么一个与京华齐名的地名，悄无声息地交付出去，淹没在浩瀚的地名之中。

打开车窗，顾不得风寒露重，将手伸向窗外。一粒粒雨滴，晶莹，剔透，在手上欢跳。"如果我忘了怎么爱你，那一定是我失忆昏迷。如果我有天突然离弃，那一定是不想拖累你……"在汽车缠绵的音乐里，雨滴眨眨眼睛，瞬间滑向指尖。而发梢上的雨滴，仍固执地贴着，任凭汽车音响暴烈，任凭窗外的寒风与车内的暖气"冰火两重天"，它依然大大方方地落在头上，缓缓地融入了头发之中。

手指间，已撩起山寨的傩面。

汽车缓缓停在名叫鲊鱼的村寨。主人早就立在那里——这是村寨最纯朴的风俗，风雨再大，都会站着恭候客人。主人左手遮住头上的细雨，右手伸过车门将我们迎了出来。穿过冷冷的风、顶着斜斜的雨、走过弯弯的土路，朦朦胧胧间，一座新建的吊脚楼，婉约地立在炊烟之间。

楼里已坐满了人，中堂设了香案，地上还落下鲜红的鞭炮屑，门口的冥钱在风中飘荡着。

主人一边抖抖身上的雨珠，一边将我们拉到火炉边，说："辛苦了，端公他们还在等着一起就餐呢。"

"端公"，称为"冲傩先生"，是本场傩戏的坛主；也就是今晚傩戏的主演者，整个本场傩戏由他来导演和进行串演。

傩，一直潜伏在山寨未知中，随时从一张傩面里昭示已知。"击鼓载胡，傩舞逐疫"，傩面在歌舞声中精彩出场，迎神驱疫。在信息不灵、交通欠缺的山寨，哪家新人结婚、新房落成，都会请傩艺师择定良辰吉日。哪个遇上一病两痛、三灾六难，便许下傩愿，"借助"于"傩"。继后，则备好香纸、法器和祭献的用品进行"还傩愿"。在过去的寨子里，人们迷信于傩，凡治病、消灾、求子、保寿，要请端公"施法"；清扫屋子，要请端公"跳神"；家里逢凶化吉要"开红山"；老人生日要冲寿傩，祈求高寿；"干贵"小孩的人家（即小孩少、病多），在孩子12岁前要打"十二太保""跳家关""保关煞"。端公，便成了傩的化身，享有较高的威望，在寨子里有绝对的话语权。

坐在上席的端公，大个子，宽额，粗手，有八十来岁，看起来就有那种饱经沧桑后的淡定，骨子透出的和善以及沉静的力量。见我们进来，便远远地站起来，连忙拉着我坐在他的旁边，示意烤火取暖，上桌就餐。

楼内楼外，挤满了看热闹的村民。在他们心中，小小的傩戏舞台，只是一个维度、一个引信，一旦点燃起来，整个村寨就有了一场天地祭祀。

鞭炮炸开，锣鼓响起。喧喧闹闹之后，傩戏正式开始。这是主人为七旬母亲设的祝寿傩。孝道，是中华民族的优良传统，是齐家治国之箴。为长辈设宴庆寿，是晚辈祝福老人的一种表达方式。"寿曲高歌沉醉后。寿烛荧煌。手把金炉，燃一寿香。"古人早就为我们形象地勾勒出祝寿的仪式感。对于深居大山的人来说，摆祝寿宴、演祝寿傩，是山寨人对孝文化的深情演绎，是尊重长者的表现形式。

一位老人见我懵懂地望着端公插香、焚纸、举鸡、倒酒等一系列有条不紊的动作，便说：这是法师在请傩神。今晚的端公叫张金太，是一个从事傩戏六十多年的老掌坛师了。

冲寿傩开坛请神，主要有"开坛礼请""传文"等一系列规定动作。"过去，端公通过做这些'法事'，迎请'傩神'，为主家'禳灾驱邪'。现在不同了，唱傩堂戏，就是大伙儿热闹热闹，别把老祖宗一代代传下来的东西给丢掉了。"老人添了一下柴火，说。

傩坛上，身穿法衣的端公手执司刀、肩搭牌带、头结头扎，在人们屏住的呼吸声里念念有词起来。只见他击掌三下，端起牛角，微微一吹，其他傩艺师在他的手指间，先后戴上傩面，穿上法衣，依照戏份，穿过牛角声，踏着锣鼓声，拂去嘈杂声，在面具下依次出场，闻声而舞。

"开坛"与"闭坛"，都属于祭神、酬神法事，分"阴、阳"两戏。阴者，是娱神之用，"人、神、鬼"共娱；阳者，即"娱人戏"，有正戏、插戏之分，正戏二十四出，插戏达三十六出。正戏剧目多取材于神话传说、民间故事、历史演义等，不尽统一。剧目有：《桃园三洞》《唐氏太婆》《押兵先师》《开山猛将》等等。插戏，则根据当地时事，包括孝道、礼道、慈道、悌道，随时改编，见机演绎。

寨子里只有一百五十来户六百来人。年轻人大多外出谋生，留下守寨子的，是些孤寡老人及小孩。小小的山寨，乡规严明，团结和谐。他们有一个不成文的规定，一旦哪家有红白喜事，都得回来帮忙。如果实在没办法回来的，则要说明情况，并寄回相应的费用，作为在家亲朋好友顶替自己帮忙的夜宵等费用。唱孝、行孝、礼孝、传孝，成为寨子上下的必修课，唱傩戏更不例外。"人不孝其亲，不如草与木。王祥卧寒冰，孟宗哭枯竹，蔡顺拾桑葚，贼为奉母粟。杨香拯父危，虎不敢肆毒，江革甘行佣，丁兰悲刻木。"古远的曲调，村寨的个案，在傩面的跃动下，成为千年"寨训"，"活泛"着山寨的生息。

傩面里，深藏着对神灵的虔诚。他们用各色的表征，为神灵代言。傩艺师们将傩面一戴，面前立刻就有了观音、魁星、财神、判官，有了寓意为忠义、守护财运、智慧、驱邪保平安的关公，有了勇砍五瘟的开山猛将。一番又一番唱、念、做、打，在山寨的细雨里，在极其有限的傩堂里，时间限度被无限地拓开。天地星辰，山川河流，哪怕是挂在神位上的祖宗牌位，都被傩声唱响起来。缕缕香火，穿过风雨，穿过灯光，穿过想象，在傩堂缠绕。

牛角一吹，似乎有一种密集的心跳。从山崖里传来，从树梢里传来，从吊脚楼灯光里传来，像血液一样，急速地流遍全身。寨子所有的灯，在牛角声里洞开窗户，向傩堂闪烁；村民，被傩戏裹卷起来。这个时候，整个寨子已消去尘嚣，为"傩"铺开盛大的舞台。

"银光闪闪雾霭沉沉，腾云驾雾下了天门。白首长髯再添寿年，庆祝长庚福寿双全。"蓦然间，一阵悠扬的二胡声从后窗飘起，南极仙翁、汉钟离、铁拐李、吕洞宾等八仙傩戏面具相继登场。戏中的对白和旁白，就像白描与素描一样，将雨夜的山寨涂抹着、回响着。"东山圣公添寿岁，南山圣母添寿年。八洞神仙齐庆寿，白发齐眉老寿星。"这是祝寿傩必不可少的节目，也是傩戏的保留节目《八仙庆寿》，应时应景，将傩戏推向了高潮。

老人告诉我，寿星膝下有一对儿女。这次做祝寿傩，是在外打工的孙女、外孙女专程从外地赶回操办的。

一个穿着时髦的女孩，正摆弄着手机，眉飞色舞地做着直播。见了我，抬了抬眼，表示打过招呼，又拿出另一部手机加了我微信。她是老人的外孙女，在深圳一家自媒体工作。打开她的抖音，另一个傩坛走进了手机。因为身在现场，屏幕中的傩堂，绝没有挂在心上。但时隔几个月后，她那句旁白仍令人回味着：听多了流行乐，听多了重金属的声响，看多了"新兴艺术"，当聆听或浅吟低唱，或引吭高歌的声声山寨傩音，感悟其中哲理故事和传统文化，有了触摸缠绕在傩堂的念白与韵律的感觉。

文明，是一个披荆斩棘的漫长历程，像乌江冲出险滩，河水就会汹涌而来；像寨门口的金丝楠木，在某个地方打了个结之后，便直往上冲，枝枝蔓蔓、葱葱郁郁。蜡黄的傩具与直播女孩的时髦眼镜，打着赤脚的傩师与穿着高跟靴的直播者，构成了一幅傩堂彩绘。

我想找一下寿星，想看一下是什么样的老人，能接受如此盛大的寿礼？我走遍了上厢下厢，都没有找到她。在乡下，人越老事越多，有操不完的心、干不完的事、着不完的急。记得母亲七十岁生日时，我们兄弟姐妹七人举家回乡下给她办寿宴。酒席还没有确定下来，村里头的后生仔已将放电影的事安排好了，而且一订就是三场。村上村下、三里五里的乡亲，像开会似的赶来捧场。大伙儿欢呼雀跃地看着电影、嗑着瓜子、摆着"龙门阵"，而寿星母亲在迎来送往中，忙得顾不上吃饭。望着她躬着背、疲惫不堪的样子，我曾暗暗发誓，再也不做这等"傻事"了。不承想，十年后，与她谈到往事，问她还要不要回老家做八十寿宴时，她叹了一口气，嘴角扬了扬，说："做吧，乡里乡俗的，请左邻右舍吃顿便饭，团一下聚一下，也是好事。"

这位山寨的寿星，会不会像我的母亲那样，正在某一个角落忙乎着？

三

十年前，一位油画家送了一幅名叫《雨中父子》的油画作品给我。这幅油画，以古典写实手法，又不失印象画风的作品，表现着人物与场景。大雨滂沱，一对父子走在人行道上，父亲不顾全身湿透，右手举着雨伞，仍坚定地举在儿子头上。小男孩背着书包，迈着轻快的步伐，似乎并没有发现父亲已经被雨水淋湿。画家通过艺术，向世人讲述"父爱如山，风雨不倒"的故事。

那天，我是慕名参加他的个人画展的。看到这幅作品，眼睛仿佛被一只看不见的手拉扯着。打动我的，不是像乐谱上的重音、停顿、休止符那样粗细不同的线条，也不是像跳动音符般充斥着内在的和谐、律动的韵律，似乎是隐隐约约听到沙沙的雨声，急剧，直逼着父亲手中的雨伞；隐隐约约听到身着那件湿透了的条纹衬衫的父亲，在长长地喘气；隐隐约约听到孩子吟唱出欢快的童谣。

画家与我年龄相近、境况相仿、性格相似。早年离开父母，漂泊他乡，为稻粱而谋，却无暇顾及含辛茹苦、拉扯他长大的父母。当稍有点生机时，竟然发现老人已老，有了"子欲养而亲不待"的伤楚，有了一种困惑的陷入，这种困惑又无从诉说。我们都曾做着相同的梦，梦里无法走出那条手板宽的石板路，在那个轮廓的老屋边，找不到自己的家。在乡下的山沟里，分明看到炊烟飘香，分明看到父母亲倚在门头，跑过去时，却尽是草丛，柴垛，牛羊鸡犬。他说，某个夜晚，他在网上看到美国纽约皇后区马路上，华裔父亲为儿子挡风避雨的照片。这张照片，狠狠地抓住了他的心。于是，他再也不能自已，连忙调好画料，用《雨中父子》来寻找老屋门槛上咳嗽的父亲、寻找家园里的自己。

画的不正是我吗？那个无数次出现在巷口的背影，那个无数次出现在日记的雕像，那个无数次出现在堂屋里忽明忽暗的土烟卷与《雨中父子》珠辉玉映起来。

惺惺相惜，画家当即把画赠予我，让我多了份惦念。壬寅年初春，德江稳坪再一次用小雨迎接了我。这是一个大清早，司机冒雨赶了过来，老大不情愿地说："天没放亮，下着这么大的雨，路哪里好走？"我讨好地拿出烟来，催着他快点开车。因为，那儿有一场惊心动魄的傩戏等待着我们。

张月中，是我在德江认识的一个从事文化工作的朋友，现就职于稳坪镇科宣中心。曾发信息说，这里有一场"还愿傩"，将在天亮前上演"上刀梯"。得到这个消息时，我还在外地，待回到德江时，已入深夜。身体困乏，加上山路不便，很遗憾没有在当晚成行。

车，紧赶慢赶地停到名叫三角村的寨子里时，正好雨停雾散。天与地，被村口的古树悄悄地撑了开来。远处的、近处的雄鸡连着号似的打叫着。一阵锣鼓声、鞭炮声，从公路下一座新修的吊脚楼前传来。彻夜守在这里的村民，竟然没有半点倦意，从傩堂里蜂拥而出，兴致勃勃地迎出端公。

端公背着一个十来岁的孩子，头戴开山面具，身穿金甲，手执一柄"金瓜月斧"，在牛角和鼓锣声中，左右挥舞，恍然间穿行在历史之中。如果不是事先知道这是傩戏，还真以为是置身于某大战场，或者某个古装电影的场景。

扎着一把把白晃晃杀猪刀的木梯，被安放在吊脚楼隔邻的二层平房前。

难道，这就是传说中的"上刀山"？

作为华夏文明启蒙时代的文明活化石，傩戏在大山里悄无声息地延续了数千年，保持着原始古老的韵味，正在荒野里寻求生存、寻求新路。在这条路上，有与外面世界的交融，包括空气、河流、阳光、树木；有山寨人的崇拜。"开山莽将"就是山寨的崇拜神灵之一。

"开山"，作为傩戏中"砍五瘟"的猛将，也作为傩戏中最凶猛的镇妖神祇之一，他虽然长相凶猛，眼睛暴鼓，耳朵竖立，门牙露出口外，颈脖青筋突露，但一身正气，是山寨人最崇拜的神灵。据说，"开山"刚出生背上就有七寸多长的红毛，头上有一对朱砂角，几声号哭，直震得地动山摇，兽奔马飞，就连桃园洞中的唐氏太婆也被震惊，赶来察看，用八副罗裙包裹起来，抱到桃源洞中哺养起来。收其到门下，后成为桃源洞中一个镇妖猛将。

傩歌里这样唱道："开山猛将生得恶，一对獠牙一对角。开山牙齿颠倒颠，晒干牛皮嚼九斤。一顿要吃三斗三升炒谷米，八十斤肥羊囫囵吞。嚼谷犹如吃炒豆，只见肋骨两边分。檬子树上去擦痒，皂角树上去安身。有脚行去三千里，反身转来关大门。"他，一贯扶弱惩强，杀五方鬼怪，十方邪魔，那些鬼神妖怪都惧怕他，只有远远地躲开。

"火焰眉毛圆眼睁，来在傩堂砍五瘟；一对肉角顶头上，獠牙血口凶猛神。"傩艺师们采用大胆夸张的手法，以双角直立、怒目圆睁、獠牙狰狞的生动传神进行造型，来展示山寨人疾恶如仇的共同特性。

大山深处，"天无三日晴、地无三尺平。"恶劣的自然条件，极大地限制了当地人的生存与发展。"开山莽将"，有着美好寓意，是山寨寄予了理想化的共同文化想象。

这出戏，是山寨傩戏的一个重头戏，也是一个傩艺绝技。一把刀子，代表着一重天，依据许愿程度来设定刀子，将12把、24把、36把磨得锋利的杀猪、杀羊刀，安装在树干上或梯子上，端公背着小孩赤足踩在刀刃上，一级一级往刀杆上爬，上下自如，做到毫发无损。

锣鼓一声紧似一声，端公舀来一碗苞谷酒，猛地吸了一口，往赤脚喷去。"西弥山上剥鬼皮，大鬼小鬼哭欲兮兮，大鬼剥得嘞嘞叫，小鬼剥得血淋淋。"一边唱，一边背着还愿人一步一步爬上刀梯。

已入杖朝之年的他，背着几十斤甚至上百斤的人，赤脚踩在锋利的刀刃上，一级一级向上爬去，看得人心惊肉跳。

端公，是不是神祇最喜欢和最亲近的人？那双布满老茧的脚，那面面锋利的刀刃，是不是在寻求神的赐予，寻求希望？尖锐、锋利、凛冽，每爬上一级，刀都会吱吱地叫上一声，就像一根粗线条，在重压之下，依旧保持着弹性。我们屏住呼吸，丝毫不敢眨眼，注视着刀梯上的一招一式。端公，像一个借助于某种能量、借助于某种威力的神，在面具下无所畏惧地行走着、攀登着。

宽宽大大的脚板、此起彼伏的傩调、响彻云霄的"响乐"，成为这个时候最好的助威。雨后的大清早，深雾之上的天，像洗过一样，辽辽阔阔，清清朗朗。每登上一梯，他就会感觉到一轮烈阳就要到来，感觉到皮肤与金属之间达到了某种默契，锋利的刀刃被他点化，就像田野里的花草、蝴蝶、蜜蜂、欢雀，在炊烟下，传递着欢声笑语，牛哞羊咩。

当爬到最高处，端公解下扎在上面的牛角号，面向东方将头一扬，头上的曦光、脚下的尖刀、手中的牛角号、背上的孩子，飘在眼前的红头巾，瞬间凝成了一座雕塑，一座庄严、阳刚、豪迈、澎湃的雕塑。

他双手合十，向天一指，深沉的号角，从红丝带里飘出。

天空上，雄浑、低沉的牛角号响起，头上的红头巾与缠着牛角号的红丝带，如赤练般在微风中飘舞；激越、铿锵的锣鼓声，有如千军阔步，有如排山倒海。所有的傩艺师，全部进入了舞蹈状态。刀梯上下，傩声齐诵，喊声震天，声声雄厚的呐喊与"响乐"交相辉映。

我是一个无神论者，不信佛，但对神祇，始终保持着敬重之心；对敬仰的英雄，始终怀揣一种膜拜之情。我知道，山寨人对"傩"有着发自内心的敬仰。我更清楚，历经千年风雨的山寨傩戏，"鼓声渊渊管声脆，鬼神变化供剧戏"的"酬神"傩戏（宋·刘镗《观傩》），早已成为"娱人"一个重要节目，成为家族团聚、分享喜悦的一个重要平台。因而，每每听到关于傩事的信息，我都会情不自禁地有着分享那种神性光辉的冲动。

老人背上的孩子做出逗人鬼脸、发出灿烂的笑。瞬间，想到土家族的一个词——热火（土家话，喜欢）。我的镜头，没有对准红头巾在空中划出的弧线，没有对准那只灵巧的牛角号，没有对准那个惩恶扬善的"开山将军"。我被刀梯上的一个细节紧紧地扣住了——木质的脸壳里滚出来的汗珠。

"响乐"，从激荡到激越，从急促到平缓，如门前的小溪般缓缓流着。一轮红日从山涧里升起，一道红色的弧，掠过孩子伸向天空的手，往远方飘去。

四

伤痕、傩面、山寨、城市、人流、喧嚣，在一场场雨中缠绕着、缩接着。雨，像宽大无比的海，用优美的线条，牵出天朗气清，牵出春和景明。它，无时不在向天、地暗示着，花朵，明月，骄阳，牛群，欢唱。当然，这些并不代表它的生理反应，比如房颤、痉挛、疼痛。对于山寨人来说，"傩"是他们生活的一个部分，无法省略的一部分。傩面，就这样跳出固有的木质特征，在英雄的脸谱里，变得血性起来。

接到朋友从大洋对岸比弗利山山脚发来一张微信照片，背景是红极一时的比弗利山庄（Beverly Hills)。这个位于美国洛杉矶的"全世界最尊贵住宅区"，是洛杉矶最有名的城中城，每年都会吸引大批来自世界各地的观光者。想不到，这样的顶级山庄，有一间店铺竟然挂着慈善祥和的"消灾和尚"傩面。圆脸秃头，龇牙咧嘴，笑容可掬，额上长着一个硕大的"锅色包"，形象可爱的傩面，从山寨走向万里之遥的山庄，有没有"角声连连叫一串"的傩艺展示，里面到底藏有什么心事，就不得而知。

山庄，是山寨结出来的节。像那棵千年的金丝楠木，有了节外生枝，有了由经度向纬度的扩充，便有了华盖群伦。这个枝节，是从山寨的血脉里流出来、伸出来，直向远方的。它，被赋予了"山禽弄春舌，堤柳舞风条"的内涵，看上去有伟岸的肌体，有强健的体魄，却缺少一种"内秀"，难以再现宋代赵汝𫖮笔下"门掩斜阳岸，溪横独木桥"的山庄韵味。

于是，山庄与山寨也成了婉约。它们，默默地对视着，深深地吸引着，慢慢地融合着。

壬寅年初夏，山寨的傩戏穿过苍苍莽莽1200多公里，从黔地德江来到湾区都市的龙凤山庄。迎接他们的，又是一场抬头仰望、低头思索的大雨。

风停，雨止，华灯揭开都市的夜幕，走出山寨的傩面，在都市里又一次亮相，与爱"热闹"的山庄会面。这儿，有的是从另一座山寨走出来的，有的是从某个山庄走来的，有的甚至还没有脱下工装，身上还有铁的味道。在这样的一个夜晚，品味一场傩面下的饕餮盛宴。

开场的是山庄非遗作品《麒麟献瑞》。同样是从山里头走出来的麒麟，是民间传说可为人们排灾解难的神兽。传说麒麟脚趾踩过的地方，就能为那里的人们带来幸运和吉祥，故有"麒趾呈祥"之说。随着打击乐来表现麒麟舔脚、采青等形态及喜怒哀乐的情绪。艺术家们，一人钻进麒麟头、一人钻进麒麟被面，如同戴上麒麟面具，模仿麒麟起居、梳理洗漱、巡城采青、吃青吐青等系列动作，然后腾云而起，上演一个又一个舞蹈，以碎片式的呈现手法，从不同视角表现麒麟呈祥、寓意精彩的故事。其间还穿插武术表演，以打击乐（锣、鼓、镲）和唢呐伴奏。山庄里的艺术家，用传统的舞蹈演绎这个美丽神话传说，用艺术的形式与山寨对话。

山寨的傩戏《开山神》，随后便闪亮登场。开山神，是傩戏中最威猛的一位神祇。他红须双角，巨目獠牙，憨厚豪爽，莽撞而富有人情味。戏中通过傩堂受命、丢失金斧、请文王卦师算卦、请和合二仙帮忙找斧、请铁公老师修斧、与拉风箱的幺儿媳妇调情、砍五方妖魔等故事情节，表现了开山生动活泼的性格情趣。

根据历史传说编排的傩戏《关公斩蔡阳》，透着古老而诡异气息的傩面，如同神灵一般被敬畏。"彻胆长存义，终身思报恩。"元人罗贯中笔下的关公，是正气正义的化身。他，激浊扬清，匡扶正义，劝善惩恶，重情重义，义薄云天。关公精神的核心在一个"义"字，关圣止息灾祸，抵御外患，"灵迹尤著"，"福则祈之，患难则呼之"，天下无不颂其德，供其祠，成为民间对正直忠义的英雄崇拜，祈望护国佑民的情感寄托。据说关羽杀了蔡阳后，叫周昌把蔡阳的头抛入黄河，黄河立即混浊，河水恶臭七天七夜，直至今日还是浑浊不清。傩戏故事中，关羽杀的坏人还很多，久而久之在人们的心目中关羽就成了专除害人妖怪的神。它将纯朴的山寨之情，用傩舞表现出来。傩面的关羽，丹凤眼，卧蚕眉，红脸膛，佩长刀，戴盔帽，尤其是那把飘逸的美髯，一眼看去，是那般的英武神勇，那样的摄人心魄。

古老、悠远，震耳、欲聋，鼓乐敲响，惊心动魄的傩技《开红山》惊艳登场。傩艺师将锋利的尖刀钉入头顶骨肉中，然后由护法师带领，端着茶盘中小酒壶和小酒杯逐一向客人敬红山酒，并高唱祝酒颂词，如"红山酒来红山酒，师郎敬你红山酒，喝了红山酒，幸福生活永长久"。喝完红山酒，回到傩堂吹角号、舞牌带、舞师刀。台上台下，已忘却了身处的真实。触目之处，皆惊魂之作、雄豪之境，悲哀，喜悦，甚至泪流满面。

"开山红"是定，是静，是镇，如同山寨的古树；而"下火海"则是动，是喧嚣，是欢腾。俗话说的下火海，就是山寨人称的"刹犁铧"（耕地用的犁铧），将沉淀了几千年的诱惑，来震撼着山庄。傩艺师身系着红腰带，在牛角号和呐喊声中，快步走到一堆赤红的火炭前，从火炭中刨出煅烧得冒着白烟的铁犁头，用力拍打，光着脚丫从铁犁上走过，用牙齿咬着犁头，再绕场而行。火星，飞溅；傩音，低沉；雨声，神秘。傩艺师们一次次从红铁犁上来回奔跑，踢得火花四溅。赤脚踩着犁铧的哧哧声，助威的牛角声，观众的惊呼声，响彻整个傩堂。掌声不断，舞蹈不停，鼓角不息。舞台上下，穿行傩面，不时诱发着我们的想象。

在现代的彩幕下，天真、稚拙、浑朴、野趣的山寨傩戏，在傩面翻飞的瞬间，显得离奇和丰富。他们相互之间，将远去的东西推出去，又拉回来。他们的身体和灵魂，悄悄地潜入了雨夜。

夜，慢慢地沉去；雨，缓缓地飘来；近处、远处的灯，将山庄的雨夜拉上一道绚丽的彩虹。

"金洼玉注始淙潺，眼前倏已非人间。"宋人刘镗为我们描述的观傩情景，又一次展现在面前。

奔赴，重逢，舞蹈，跨越山海，联结着山寨与山庄。

舞　龙

龙的图腾

　　初到黔地，在办公室发现一本发黄的册子，随手一翻，里面是一段这儿关于当地崇拜龙的文字："群众历来爱龙，有许多关于龙的传说、神话，一些地名、物名都带有'龙'字。"文中列举了二十多个乡（镇、街道）带"龙"字的地名。刚开始不以为然，但慢慢地俯下身子走进黔地，回味这儿的过往，原来山寨人最兴奋、最自豪的，莫过于关于"龙"的一切。

　　山寨随处可见关于龙的地名、龙的艺术色彩、龙的神话传说和家训家风。全县各地关于龙的传说、带有龙字的地名，数不胜数。如：潮砥有青龙咀（青龙啸月），官宅有龙头点水、接鱼坎鲤鱼跳龙门，长堡有龙滚溏，望牌有龙石梁，沙溪有龙调（掉）头，黄坝有龙洞坝，钱家有黄龙坪，青龙有大龙阡，南客有青龙山，解家渡有古龙门，安家坝有滚龙望月，平原有龙虎池，龙泉有九龙屯，枫香溪有九龙柳，高山有绿溪龙潭，泉口有滚龙潭，荆角有黄龙泉，堰塘有龙塘，楠杆有五龙口、大龙塘。傩堂神案上有绘龙，民间绣花有龙图案。即便走进某座山寨，也会发现踩得吱吱呀呀的吊脚楼里有龙石雕、龙木窗的装饰。就连冰冷的石墓，都会有龙雕等等。"龙"已融入了山寨的风土人情，融入了他们的生活之中。

乡土作家沈应雄说，他曾谋职过的荆角，有一个叫杨德友的人，是"人和团"骨干，清咸丰八年（1858）十月，因镇压黄号军起义有功，清廷赐花羚锡镇，官至五品。因是"舞龙送宝"时所生，遂在其墓碑上刻了两条龙。墓上刻有一联：水连鱼穴，山接马鞍，此地合钟灵，大启弘农世冑；前临乌帽，后抱龙珠，乃公其卜吉，重开清白家声。

去过扶阳古城，"城"内的两座明代古墓，一直是讨论的话题。两座古墓，上面雕刻有龙凤图案以及明朝官员、侍女的模样，显示出墓碑主人尊贵的身份。古墓顶部，一座刻有"日"字，一座刻有"月"字，合在一起便是"明"。但让人费解的是，位置稍向前、上面刻有"龙"形图案的古墓，其墓碑上记述的为张姓女人；旁边稍微靠后，上面刻有"凤"形图案的，墓碑上刻的是朱氏男丁。这无疑给山寨龙崇拜增添了神秘的色彩。

山寨崇尚龙，蕴含了丰富的思想内涵。其表现形式为舞龙，用"舞"的语言，贯穿源远流长的山寨历史，丰盈底蕴深厚的民族文化。

元宵炸龙：东方狂欢节

一元复始，大地回春。作为新年的第一个月圆之夜，元宵节成了春节后的小团圆。"月影疑流水，春风含夜梅。"（隋·隋炀帝）中国民间在元宵节的传统习俗，是在皓月高悬的夜晚，人们点起彩灯，把酒临风，畅叙团聚。或赶庙会，或猜灯谜，或舞花灯，欢天喜地，其乐融融。

贺新岁、闹元宵，舞狮舞龙，天南地北，大同小异。小居的岭南，把麒麟作为传播文明的圣物而加以崇拜。这一天，麒麟出场，表演者模仿麒麟起居、梳理洗漱、巡城采青、吃青吐青等动作。这个民间舞蹈，寓意驱邪避害、迎福纳祥。舞麒麟离不开青，"青"代表着宇宙万物之灵气。而舞麒麟就是以麒麟寻青、惊青、闻青、试青、采青、找青、逗青、吃青、吐青，降福人间的过程来展开的，随着打击乐表现麒麟舔脚、采青等形态及喜怒哀乐的情绪。其时，还会穿插武术表演，将闹元宵推向高潮。

山寨的元宵，别有一番滋味。"烟花冲身不怕烧，火炮落地不怕炸；冲锋陷阵不当劳，烟火场中称英豪"（炸龙伏事）。用一个"炸"字，突显土家人的剽悍、勇猛、刚强；"炸"，成为一场视觉上的盛宴、一次精神上的狂欢。"炸"，诠释真正的东方元宵狂欢。

壬寅年初，每年约定俗成地在县城举办的炸龙活动，因故转战到离县城30多公里的洋山河。我从粤赴黔，因疫情需要，处于"自我隔离"，只好请朋友用视频记录现场直播炸龙盛况。

手机视频里，条条火龙腾空而起，串串鞭炮轰然而鸣，各条火龙在人流中穿梭。围观群众，用串串鞭炮，对这些袒胸露臂的舞龙后生任意轰炸。纸屑翻飞，尖叫声起，一波高过一波。人声鼎沸，烟雾缭绕，在视频里现场空气都扑进了鞭炮香味。仿佛整个山寨，就是雄性的宣泄，就是勇士的威武战场。

每一条精制的彩龙出场，每一个规范有序的动作舞动，每一串鞭炮炸响，朋友都会在手机那方绘声绘色地配上旁白，俨然一场新闻直播。让人恨不得立即起身，赶赴山寨，脱下上衣，高举"龙背"（"龙被"），与他们一道狂欢。

在人们印象中，元宵节是吃元宵、赏花灯的节日。这一天，给欢乐的春节画上一个圆满句号。但是，德江的元宵佳节，用特立独行的"炸龙"活动，打破了传统认知，以一种热烈而又夸张的方式，开启新年好兆头。

元宵炸龙，是以舞龙、玩龙灯为其底，以"炸龙"成其骨；以其源远流长的文化视其筋；是以民族文化融合、民族文化认同，为其血脉的产物。平等、共娱，是炸龙节最根本、最基础的文化根性。勇毅和对美好的祈愿，是人们共同的文化诉求。作家沈应雄声情并茂地剖析了当地炸龙以及所处的空间、时间特殊性和时空节点性，谈出了山寨炸龙的独特历史意义、文化精神与时代价值。他认为，这儿是多民族的聚居区域，主要有汉、土家、仡佬及苗族等民族，这里信巫，但不尚巫事。"龙粉头上一枝花，地邻老少是一家。不学蜘蛛各牵网，要学蜜蜂共采花"（炸龙伏事）。各民族如兄弟般团结，炸龙这种由土家族人发起的活动，又未囿于土家人，成为大伙儿的一件大事、盛事、心头事。

炸龙活动，跨越时间长，正月初三就开始筹备，经过"扎龙""起水""亮龙""送帖子""入户舞龙""送龙宝"等程序。一路游，一路炸，满城焰火，此起彼伏，众龙翻飞，联袂接踵。龙队"牵"着炸龙的人流，而观众紧随其后。人流如海，如潮起潮落，波涛起伏。

《德江县志》（贵州人民出版社，1994年版）对炸龙有一段这样的记载：（正月）十五晚上，还有一个独特精彩场面，俗称"炸龙灯"。晚上的龙灯队出来必须脱去"龙衣"，表演者只穿短裤，待龙灯一上街，人们将早已挂在长竹竿上的鞭炮，连同准备好的自制焰火，对准龙头、龙身猛炸、猛放，团团火花在舞龙者身上翻滚。传说龙头、龙身炸得越烂，来年年岁会越好。因此，人们举着鞭炮、焰火，尽情地追炸龙灯、喷龙灯。锣鼓声、鞭炮声、欢呼声响成一片，甚是壮观的场面，至少持续3个小时。

元宵炸龙，展示着山寨人顽强的生命力。他们用野性的娱乐、倾泻的情感，展示其智慧、骁勇。在岁月的长河中，续写着绵远悠长的民族文化。

六月六舞水龙，山寨的精神图腾

有人说，在一个陌生的地方，突如其来遇见先贤，是一种极为特殊的事情。那么，行走山寨，听一曲关于山寨的歌，清甜得只有你才会感觉到山风的徐徐、和风的习习、桃夭的灼灼、丹华的烈烈。山寨散发出来的味道，从骨子里勃发而来，这种感觉与滋味，不是兴奋，不是震撼，是一种在前世遇见自己今生般的错愕。

> 六月六　水龙游
> 土家妹子抛绣球
> 六月六　水龙游
> 土家汉子敬碗酒

轻缓，自然，绵悠，像山崖边上的清茶，不染风尘，又甘甜清冽，回味无穷。很钦佩音乐家阿飞的大胆构思，将那个舞龙的旋律，与童谣结合起来，用和声部张扬开来。乍一听，就会立即融入山寨"六月六"那场人间烟火之中。

在古代，如遇水旱瘟疫、妖孽凶灾之时，都会有舞龙祈福的仪式。编织草龙，祈求上苍降福。记载山寨最早舞水龙情形的，是始建于明永乐八年（1410）飞龙寺里的"求雨图"。在浩瀚的自然中，600多个春夏秋冬可能不算什么，但600多个风霜雪雨中的"祭龙求雨"场景，将一座座延绵起伏的大山，视为龙的脉，将头头遨游在深山的神龙，视为洒播着福禄，凭着它刻在石头里的记忆，昭告着一代代山寨人对龙的神化，对龙的比拟。他们，一直称自己是龙的传人，将龙视为祥瑞的灵物，是风雨主宰，有着呼风唤雨的无边法力。

六月六，"晒龙袍"，又是"洗象日"。元明清时期，这一天要举行洗象仪式。象房的象奴和驯象师举旗、敲鼓，引象出门，到护城河中给象洗澡。清人杨静亭，在他的《都门杂咏》里就记载着当天活动情形："六街车响似雷奔，日午齐来宣武门。钲鼓一声催洗象，玉河桥下水初浑。"而黔地德江，民间对舞龙祈雨有这样一段描述："龙象造天数万年，腾云驾雾贵传真。"由于久旱无雨，致井涸人渴草不生，"请龙滚水典龙身，得雨许下龙神愿"。寨子里男女老幼用稻草编龙，请求龙神出面布施甘霖。舞水龙，洒"圣水"，祈求风调雨顺、五谷丰登，因而成为一个重要节日。

在读中学时，曾读过汪曾祺先生那篇《泼水节印象》。先生将滇地泼水活动，写得极为文雅。"泼水，并不是将整桶水往你身上泼，只是用花枝蘸水，在你肩膀上掸两下……接受别人泼水后，也可以用花枝蘸水在对方肩头掸掸，或在肩上轻轻拍三下。"先生用写实的手法，将读者带进了风情万种的民族。那一瓢普通的泉水，像久违的甘霖，像神秘的圣水，在少年的心中浇灌着，生长着。而黔地的舞水龙，会不会像滇地的泼水节那样，会流传成千年的盛会？

滋润万物的水，是圣洁的，是有着神奇魔力的。在袅袅傩音中，致祭文、点火炬、竖龙旗，一系列简单又庄重的启动仪式后，东、南、西、北四龙起舞，各大街头的水龙即时腾空而起，涌向大街小巷。一场民族的狂欢——舞水龙，由此拉开帷幕。人们不分男女，不管老少，一齐上阵，舀水向龙泼去。翻滚，奔腾，忽上忽下，在水雾中引得游客不时发出惊呼。

水就是祝福，人们相信被洒的水越多，好运越多。"水龙"每到一处，都是水花飞溅，欢声雀跃。水泼得越多、越高，音乐就会越激烈，龙舞得就会越猛烈。远远望去，雾水弥漫，天地之间水龙若隐若现。而那些奋力挥舞的雄健身影，仿佛从大山深处舞来、从历史深处舞来、从民族灵魂醒觉处舞来。

漫天的水花，精彩上扬，肆意飞溅。人们欢呼着、泼洒着。阿飞那首《水龙吟》，又一次在水龙起舞间响起：

> 群龙戏水行龙令
>
> 龙行天下
>
> 大道天成
>
> 草龙游街赋水韵
>
> 砥柱精神传家训

哭　嫁

　　"桃之夭夭，灼灼其华"，从《诗经》里绵延了3000年女子出嫁的盛大场面，是我对婚礼的隆重和热闹固有的、刻板的印象。而当走进黔东北德江，走向千年山寨，走进吊脚楼，土家人用"哭"的方式来庆贺婚嫁，刷新了我的认知。

　　时近岁末，收到珍珍的微信，要我去她家"凑个热闹"——参加她的婚礼。珍珍，是我在德江认识的一个大才女，在离我单位不远的地方工作。在某次的摆"龙门阵"中，她也在其中。于是，有了机缘结识，相互留了个微信，约了几次早茶，她还曾充当司机、导游，陪我一起行走山寨，让我这个"独行侠"，在冬月的山寨里，备感温暖。

　　按照岭南风俗，喝婚嫁酒，一般设在中午。而珍珍让我在晚上赶到她家，一时蹊跷。带着好奇，我如约走进了她山寨的家中。

　　赶来帮忙的远亲近邻，在新建的吊脚楼里穿梭着。一堆篝火，在门角边燃起。酒过三巡，热闹一番，打牌、嗑瓜子、摆"龙门阵"的，遛到篝火边去了。"会场"也一下子静了起来。堂屋中央，珍珍的堂姐表妹、同学、闺蜜在那儿张罗。她的母亲走进堂屋，面色凝重地向中堂祖神位（神龛）拜了拜后，一阵哭声瞬间从指缝里传了出来。

　　婚嫁，是人生的一个转折点，意味着女儿青春洋溢，已长大成人，走向新的生活。这么喜庆的事，怎么用悲痛的哭声渲染着？在博大精深的中华词典里，"哭"是一个动词，是情到深处的表白，是生理情绪的一种表达，是情感的一种宣泄。而喜庆的婚嫁，在山寨遇见了"哭"，又有什么样的深刻含义？

旁边的乡亲见我一脸不解，边抓瓜子边说：这是土家人的婚嫁风俗，哭嫁要持续三天三夜呢。他说，前两天大清早，也就是鸡叫头遍的时候，珍珍的母亲已"发声"，内容大概是树大要分桠，女大要出嫁。有对女儿的不舍，更有对后辈的期望与祝福。

曾在一本书里，看到过孔子对婚嫁礼俗的阐述。他说，男女婚嫁时，在新娘家，因相互分离，要秉烛三夜；如果是新郎家，则三日不奏乐。双方都要沉浸在悲痛中，想离家之苦，思亲人之恩。自己结婚时，与爱人仅去民政局拿了一纸证明，请家人吃了顿饭，就算完成了这道"工序"。而置身山寨，却感受"哭"声里的婚嫁，与主人一道分享这场"带啼凝暮雨，含笑似朝霞"（南北朝·何逊《看新婚诗》）喜忧参半的婚庆，分享珍珍在"三天三夜"的风俗里，走向人生的一大喜悦。

山寨女人，是天然的歌手。一张嘴就如山莺放歌，立马用音质征服了全场。浑厚、持重、穿透感十足，像讲故事，像唱儿歌，又像独自吟唱。

"（好女哎）莫学灯笼千只眼，要学蜡烛一条心。莫做阳雀叫半春，要做乌江流水日日淌……"女大当嫁，这是自然规律。面对"一把屎一捧尿"精心呵护的女儿已长大，马上就要出嫁，去一个新的家庭，哪个母亲不是充满着欢欣，又恋恋难舍？

本以为一向豪爽大气的珍珍，面对母亲的哭歌，会一笑了之。想不到，听到母亲的哭歌，她早已泪流满面。倚在母亲怀里唱了起来，带着满堂的人融入其中：

月亮弯弯照华堂，女儿开言叫爹娘。

一尺五寸把儿养，眼泪就汗（德江话，和、融）苦一场。

双脚跪在娘面前，女儿哭娘泪涟涟。

……

后来，我们在聊天时谈及那天哭嫁情形。她害羞地遮了遮脸说：作为征战远天远地的山寨女儿，那天的离家才叫真正的离家，并非当年拿个小布包的出门。长大成人，注定要为人妇、为人母，这是自然规律。但要真正地离开生活二十几年的山寨，离开养育你二十多年的父母亲人，离开风雨同舟、温馨如初的大家庭，到一个陌生的家庭里去，前路漫漫，那是一种不由自主的纠结呀。想到这儿，一阵痛感就会涌上来，就会哭起来，就会唱起来。

她说，这座从此后便叫"娘家"的山寨，虽然是一座"地无三尺平、天无三尺晴"的山寨，是一座举头是山、低头无水的山寨，是一座灌木丛生、"山崖落地"的山寨，是一座一年见不到几次生人、成天与牛羊、山雀打交道的山寨，但远比车水马龙、喧嚣热闹的都市要充实，远比高楼林立、灯红酒绿的都市要亲和，远比灯火阑珊、夜如白昼的都市要享受。千般不舍，又是万般无奈。

"更闻歌伴哭，触物尽成哀"（唐代·赵迁）。哭嫁，是山寨女儿出嫁时一种重要仪式，是对新娘自己豆蔻年华和青春时代的告别，是对一种生存状态和生命形式的眷念，是对未来美好生活的憧憬。以歌代哭、以哭伴歌的"哭嫁"，其内容涉及面广、灵动性强、时间跨度大。

按照山寨的风俗，哭唱顺序也有特别讲究，即"哭爹娘""哭哥嫂""哭姐妹""哭叔伯""哭陪客""哭媒人""哭梳头""哭祖宗""哭上轿"等。珍珍像讲故事一样，一个一个哭诉着，吟唱着，用歌声哭诉自己的身世和难舍亲人的离情别绪，感恩父母的养育之恩和亲友善待之情，赠言生活美好、迈向幸福征程。

在珍珍一阵阵"风吹寒水"般的哭声中，她的闺蜜们也"蠢蠢欲动"起来。"传说嬢嬢嫁女郎，邀呼闺蜜来商量。三个五个团团坐，你哭我哭拉家常。"她们将两张八仙桌拼在一起，摆在堂屋中央，一句句、一声声，字字深情地哭起来、唱起来。用哭歌与姐妹一道分享即将离开这块土地的眷念之情，对情同手足的姐妹表达感谢之意。

坐在珍珍旁边那个戴眼镜的女孩，首先发起声来。

金丝古木在山头，耍歌好唱在心头。

好汉要往坡上走，好姐坐在歌堂中。

"耍歌"开始了，大伙儿争先恐后地唱了起来：

牛栀花放对时开，妹妹唱歌众人抬。

牛角不尖不过河，肚里没歌不消来。

可能，他们不懂什么叫"联曲体"的音乐结构，但他们能把一个较长的乐段进行反复吟唱。在旋律的基音及终止音保持不变的情况下，随着唱词变化，旋律随之变化，句尾时常带进呜咽与抽泣声，以表达他们悲痛压抑的情绪。

楠木树下摆擂台，望姐心里多宽怀。

多承姐姐把妹待，姐的教诲记心怀。

一时间，吊脚楼就像赛歌场一样，歌声、哭声、鼓掌声，此起彼伏。

风打灯笼团团转，妹子穿针我引线。花线抽去三五根，

拿起花线进花园。花线搭在肩头上，想绣哪样绣哪样。

妹拿剪刀几车车，剪个燕子满天飞。姐拿剪刀几夹夹，剪

个蝴蝶鞋上扎。

他们用穿针引线织绣的日常生活，来表达了对生活的怀念和对姐妹的留恋。内容丰富，语言精练质朴，直抒胸臆：

> 一把相思寄山外，妹妹快喊妹夫来。
> 比翼齐飞共耕织，筑梦路上共白头。
>
> 梦想早把心连接，感情早把路相连。
> 姐姐姐夫誓相爱，风雨同舟闯未来。

她们一下子唱起新词，一下子套用古诗，一下子触景生情，即兴创作，长短成句，依字成腔，唱得悲悲切切，如泣如诉。她们带着离别亲情的忧愁，带着迎接美好新生活的憧憬，用一种不舍的情绪，用哭唱的方式展示出来，引起"闹堂"的姐妹们内心强烈共鸣。

正当我全神贯注地听着她们哭歌时，珍珍在一班闺蜜的簇拥下，来到我身边，响起了她那百灵般的嗓音：

> 万水千山总是情，你到德江好费心。
> 爬过一山又一坡，走不完的弯弯路。
> 为了山寨快致富，汗水如雨往下落。

些闺蜜们更是嘻嘻哈哈地伸出手来，讨要红包。

生活需要仪式感，生活不可缺失仪式感。作为朋友，有机会亲自到山寨为她送上祝福，见证着她人生重要的一刻，神圣，温情，更是感动。

前不久，在网上看到某地伴娘在新娘新婚前夜"闹喜"的视频。

把一只鞋放到新娘的红裙子里面，让新郎当着十来个闺蜜的面往裙子里摸，搞得全场尴尬不已。这件事情着实让人唏嘘，引发全网大讨论。而山寨人用百灵般的歌声来陪伴姐妹，祝福姐妹，以"哭"寄情，以"哭"为赛，用来检验她们之间的友情，检验即兴创作的文艺才能。"一道哭嫁歌，千年土家史"，他们用"哭"作为一种别开生面的祝福，作为闺女出阁的欢送"盛宴"，为千年民俗添上一笔精彩。

天微微放亮，一阵激越的锣鼓声、清脆的唢呐声、轰鸣的鞭炮声响了起来，迎亲队伍浩浩荡荡地走进了吊脚楼。

珍珍擦干了眼泪，作别祖宗神位。

一声越过山寨的"发轿"声与铿锵的锣鼓声，形成了和声，在山寨里回响着。

珍珍披上新衣，被两个嬢嬢搀扶着往门外退去。她一手拿着手帕，一手拿着一把筷子，在出门的当儿向身后一扔，寓意快生贵子之意，然后大步迈出大门。哭声也立马停止，新娘撑起红伞，随着迎亲队伍向山外走去。

那婉转多情的哭嫁声，在山寨回荡着、芬芳着。

赶 场

我租住的房子，处于浦家池市场边。看房的时候，发觉这儿离单位近，步行不用十分钟，离农贸中心仅几百米，住的是四楼，按照东莞生活的经验，应该不会太吵、太闹。对于久住都市的我来说，一个人生活，闹中带点静，静中有点闹，是最为理想的。何况这房子便宜，面积120多平方米，每月租金不到1000元。于是，当即签订了租住协议，当晚便住了下来。这天是10月17日，农历九月十二日。

想不到，第二天晚上，不，严格地说是第三天即10月19日凌晨，整个房子像抬了起来一样。楼下，人声鼎沸，睡梦中以为小县城搞什么重大的活动，便没有多大理会，捂着被子侧听声响。天一放亮，打开窗户，只见楼下人山人海，叫卖声此起彼伏。从房东那里得知，这是"赶场"（墟市），每月有六个，即逢农历四、九开场。这天刚好是农历九月十四日，正是本月第三次赶场。

我们湘中是"百日墟"，没有赶场之说。每天市场生意不咸不淡、水波不兴。而在黔地墟场，见到如鲫鱼过江般的人流，摆得井然有序的各种小商品，怀着猎奇心态，旋即走下楼去，想看看这个黔地县城到底繁华到什么程度。

墟场，以我所住租房为中轴，从浦家池市场到黑沙坝一公里左右，呈"韭"字形向两边延展开来。

各种商品，有序又无序摆设着。"中轴线"主要摆放小商品、副食，其他则是水果、蔬菜等农产品，牛肉、羊肉、猪肉档则放在一角。

蔬菜一般放在地上，小商品则会架上一个支架为台面。

远远地，听到悠扬的电子琴声，是《外婆的澎湖湾》。在这市井里，这样熟悉的旋律，勾起无边的思念。走近琴声处，见是一个女孩在弹电子琴。音乐舒缓，仿佛看到她指尖上的月光、松涛、流水。烟柳青青，外婆从桥上缓缓地走过来。她说她是安徽人，又是德江的儿媳妇，办了一家声乐培训班，墟日则来凑个热闹，有人来买琴更好，没有生意也算给自己做个广告。

茶叶摊，有二十来家，多以卖湄潭绿茶为主。很纳闷的是，德江盛产茶叶，却没有几个在这里摆卖的。倒是当地高山鸡蛋，很会做生意，在墟场入口就挂着"高山鸡蛋，正宗的土鸡蛋"字样，档位有好几米长，四五个伙计在忙碌着，八块钱十个，几分钟，一箱鸡蛋就销售而空。当地鸡蛋，占据了整个鸡蛋市场的半壁江山。

剃头档，有十来个。我楼下当街一个，黑沙坝路口有三个，其他角落各居了一两个。平日里没有什么生意，有一次我看到那个女理发师对着镜子跳起广场舞。而墟日这天，却忙得不可开交，理一次发只要6元钱，推、剪、吹，三下五除二就搞定了。

卖锄头、镰刀、铁锹等农具的不多，好像只有两三家，摆在茶叶摊边一角。竹编的箩筐、斗笠的摊档，像冬天的茄子藤，萎缩在一个角落，大气都不敢出一口似的。

红辣椒、山梨、山葡萄、饼干、果脯、点心、麦芽糖这些摊档，见缝插针摆了起来。

老旱烟摊，在黑沙坝公路对面已成行成市，即"韭"字下面那"一"上。看起来有二十来家，摆放的烟叶不多，有的只有两三把，摊主闭着眼睛、兀自叼根旱烟管，不时冒出一串串烟泡来。见人来了，起个身来，表示招呼。来人也不客气，在烟叶上撕下一片、揉碎，在水烟管里吸起来，过瘾的话就抓上几条，十块、八块，随便给。

成衣摊档，占据的位置相当好。摊档上竖着两排铁丝网，上面挂满各式各样的衣服、裤子，鞋子、袜子则堆在摊台上。挂在铁丝网上的衣服，式样跟得上潮流，质感不错，标出的价格却远远低于专卖店，甚至有相差一半之多。堆在档台的衣服，虽然样式有点过潮了，但质量不差，适合在山地里摸爬滚打。

熟食档，设在老井四周。这口老井建于哪一年、润泽了多少代勤劳勇敢的德江人，没有查到相关资料。井盖已封，留下两个出水口，纯正的山泉水成天哗啦啦地流出。人们在这里捶衣、洗菜、侃大山，乐享上天赐予的福利。设在这里做熟食档，说明墟场领导者的眼力不错。

香脆酥甜的麻饼，是德江土家族的传统食品。麻饼摊，有十来家。他们摆着长案，架着柴锅，熬着麻糖或者炒米粉、炒芝麻，将剥好的花生、敲好的核桃与已融化的麻糖搅拌，然后舀进长案的木条框里。用木块和擀面杖压实，切成薄片，客人见状，先尝一口，合适就购买。每公斤40元，有些小贵，但香脆可口，还算值得。

土家人特色风味酥食，在墟场里也是风生水起，占了一席之地。摊台上放有印模，造型有鱼、鸟、猴子、蝴蝶、罗汉等，圆形的有福、禄、寿、喜等字样，全是手工制作。单是那栩栩如生的模样，就令人爱不释手。老板见我站在那里很久，拿出一块相送，吃起来相当清脆、可口。

炸制米花，是用糯米饭制成。摊主因陋就简，将在家里做好的米花晒干后，摆摊销售。只见白色底层若碎玉铺就，红色面层如玛瑙嵌成，远远看去，像绚丽的花朵，山寨人便称它为"米花"。

最有趣的是"五花饭"。到现在，我还不知道德江人叫它什么。叫干饭的话，又是稀饭状，一勺子舀下去，挂在勺柄上，缓缓地流下来；称稀饭的话，却又成团，配有各种野菜，像我们老家的猪食。两块钱一坨（碗），十几个人还排着队在那里等待。刚来时，我曾拍过照片，以为这里老百姓穷，吃的是这样路边摊头"猪食"。后来他们告诉我，那是当地的美食，老人小孩特别喜欢。

赶场的人，带着百灵的声音、带着树根的气味、带着大山的深情，翻山越岭，赶了过来。用背篓驮来土豆、花椒、旱烟、土鸡蛋，驮回一双合脚的胶鞋、一个精巧的皮包、一件漂亮的衣裳、一套厚实的棉窝，与摆在墟场的青菜、熟食、粮油、日常用品、农用工具构成了墟场的繁荣。

让人大开眼界的是整个墟场，少见收现钞的。每个摊位上都有一两个二维码，像大都市商场的扫码购物。即便是那些摆在地上卖青菜的老人，胸口也挂了块牌子，叫你扫码即是。在信息化时代，无论是大都市还是偏远小巷、小墟场，先进交易模式已同频共振了。

赶场的，中老年人居多。他们背着一个大背篓，每购一物就放进篓里。女人包着白帕，走起路来风风火火。男人呢，却优哉游哉，若无其事地含着烟管，带着"老土炮"的烟味，横贯墟场其中。倘若遇到某个熟人，在不宽的墟场里，一聊就是一杆烟功夫，将小小的墟场塞得满满的。那个样子，好像他们不是来赶场的，而是着意在这里走走看看，借着墟场，将五天来枯燥的山寨生活，悠闲地释放出来。

"久居闹市，一直在思考着精神填空的问题。今天，走进墟场，汗水味，土渣味，鲜嫩的菜叶味，会不会是山寨人的另一种精神填空？"我在日记里记下当天的感觉。

对墟场的热情，像我所谓的"恒心"一样，没几日就"熄了火"。慢慢地发觉这里噪声太大，尤其是凌晨，铁架与水泥地面摩擦，尖锐，直撞着头，神经严重衰弱。在第三个墟日前的晚上，我便住进了酒店，想躲避更为严厉的神经疼痛。

人是一个奇怪的动物，越想逃脱却越是想着它。住进酒店，同样是辗转反侧。炒豆般的闹市，似懂非懂的吆喝声，悠扬的琴声，直冲鼻脊的老旱烟味，一直在酒店里打转。

那晚，一直在捻数着下一个墟日的到来。

地处武陵山脉的德江，被一座大山严严实实地隔开，又被另一座大山勾肩搭背。人们为方便生活，便因陋就简，在某个角落设立墟场。

古时，在关隘寨堡外或在人流量大的地方开个档口，就成行成市；现在，人们因势利导，设立大小墟场，热热闹闹，赓续神话。

枫香溪的墟场，坐落在著名的"枫香溪会议"会址边。长长的吊脚楼，沿山脚迤逦而去。山岚弥漫，将墟场笼罩得朦朦胧胧。这里的规模，自然不能与县城浦家池墟场同日而语。小，土，是它的一个特色。用脸盆装着的泥鳅、木桶放着的米糠、放在地上还流着露珠的蕨菜、圈在小竹栏里的鸡仔等等，都是在县城墟场没有见过的。

桶井墟场，全长不到800米。以乡卫生院为中点，向两头延伸。赶场的人虽然多，却有一种清朗宁和的味道。

而长丰墟场，则呈"V"字形，大概十分钟就可以走完。

长丰是一个大地方。当年，黄号军在这里起义，自封"威福王"的胡胜海在这里屯兵千军，那时应该就有商品流通的墟场。那天，我到县文联挂点的长丰乡，正好赶上墟日。一下子，就听到卖鸡卖鸭的讨价声，卖猪肉、卖羊肉的叫卖声和菜刀在肉案板上的撞击声，人们来回走着，像在审议这期墟场的市场行情。讨价还价时，争得面红耳赤，粗听起来还以为要打架了，过后又欢欢喜喜，递烟让座。时近年关、寒气逼人，但小小墟场因为有他们的讨价还价声、吵吵闹闹声，显得温暖很多。

在墟场里"挤"了两圈，全身直冒汗。当走进墟场路口的小店时，店主远远地打量我，轻轻地问我，是不是从东莞来的，是不是姓林？我惊愕。在这样的地方，竟然被人认识。店主说，她20年前曾在东莞打工，还听过我的讲座。

在离讲座地点1200多公里的山寨里，有人能记下20年前的一个小讲座，满满的虚荣心袭了上来。店主倒来一杯茶，回忆起我当年诙谐的神态，和满口湘音。

墟场的档主，都是随各墟场的墟期而"转场"，他们将信息送到各家各户，将商品转到各山各寨，将流行带到各街各巷。在各大墟场，不时发现一个驼背的男子在叫卖"祖传秘方"。小小的方桌前，他一会儿举着拇指大小的瓶子叫卖，一会儿唱着流行歌曲，一会儿跳上一阵激情舞蹈。过了不久，我受邀参加当地老人的寿宴，观看傩戏。想不到，这个四处"跳卖"狗皮膏药的"专家"，是一个十分孝顺的儿子。那天，我们以茶代酒碰杯、寒暄，问他那个"新加坡生产"的"祖传秘方"，是不是真的"立即见效"。他喝了一口茶，借用了一句广告词：好不好，看疗效，用了才知道。

赶场人，图个热闹，卖家吆喝得越好，越能吸引路人驻足、围观。"一二三四五六七，哆来咪发唆拉西，哪家屋里唱大戏，就夸我的好东西……"一个身穿傩戏服、挂着寿衣的档主，一边唱一边跳，远远地招引着观众。滑稽的表演，引得人们哈哈大笑，生意也就这样做了下去。在这个"艺术家"的"脱口秀"下，销售老人寿衣这么严肃的问题，变得风趣起来、生动起来、丰富起来。

这是我在长丰墟场看到的一幕。

关于墟场，明万历二十年（1592）进士、曾任粤西布政使的谢肇淛在《五杂俎》记载："岭南之市谓之虚，言满时少，虚时多也。"他还观察到岭南人"趁虚"多以妇人为主，与各地相比，是一大奇事。

德江的墟场，不仅是物产的墟场，更有关于人生、关于爱情的墟场。荆角乡杉树村的"嬢嬢场"，就是别具一格的乡村墟市。

有句俗语道："嬢嬢赶场各赶各，哥哥赶场背货箩，老妣妣赶场杆杆戳。"这里的"嬢嬢"，就是专指未婚女性，并且是多指未成年女性；"老妣妣"则讲的是"老婆婆"，"杆杆戳"即是"拄拐杖"的意思。

杉树村嬢嬢场，是一个山寨年轻女性的集会。供职于德江县政协文史委的沈应雄，曾对此做过专门研究。他说，嬢嬢场那天，当地习俗，就是人人都很"好吃"。在这天，家家户户，烹羊宰牛，招待四方的来宾。年轻的情侣们，一对对手牵着手进墟场购物、玩耍。出嫁外地的姑娘，由后辈接回娘家，过这个特殊的节日。这一天，嬢嬢墟场各类商户聚集，五花八门的商品堆满，将沉寂的山寨闹得沸腾起来。

歌，有时候就是一种引子，有时候是某个载体。青年男女用歌声寻求知音，用歌声释放心中的思念，用歌声唱响未来的美好。十五年前，曾应邀到湘西参加一次文艺交流活动，无意间碰到了苗家赶"边边场"。那天，只见树底下、小溪边、石头上，成双成对，有说有笑，他们面对清亮的小河哗哗而流，河水撞着石头发出的回响，情不自禁地唱起山歌来。在苗寨，虽然听不懂那些苗语，但从天籁般的旋律中、含情脉脉的眼睛里、情意绵绵的手势中，感受到他们那种道不明、言不尽的欢乐。

据说，这个发端于明朝的黔地嬢嬢场，用一场墟场来表达爱情。过去，姑娘们很少与外界接触，情窦初开的她们，趁赶墟场的机会，走出闺房、走出山寨、走出父母的唠叨，在这个盛大的舞台，寻找那双渴求的、相碰撞的眼神。青年男女对歌求偶，通过歌声打破隔膜，跳进爱情"漩涡"，心甘情愿奔向另一个山坡。

赶嬢嬢场，是一种载体，就像山头的涧水，冲出来，就会激情万丈。这一天，姑娘们打扮得花枝招展，穿着各式各样的衣裳，走出家门，相约到杉树街上赶场。这里的妇女们喜好白色服装，寄寓着"一身清白"，着装上形成了一道亮丽的风景线。她们或买布料或购首饰，穿梭在繁华的墟场里，寻求意中人。正如土家族情歌所唱："五天五夜赶一场，不是赶墟是会郎。走到场坝郎不在，妹赶一场又一场。"人们把这个墟场习俗称为嬢嬢场。

时光在匆匆的人流里穿梭。风也罢，雨也罢，雪也罢，此起彼伏的吆喝声，久久地在墟场上回旋。

这个墟场，用一股清风的味道，风光了土家儿女，见证了一个时代。而当我再次向送行的朋友挥手道别时，她一个劲地拍着车窗说：你来与不来，农历七月十三日嬢嬢场就在这里，等待你的踏歌，等着你感受一方水土的真诚与浪漫。

一代英豪的山祭

　　很小的时候，听过一个关于"号军夺天下"农民起义的故事。故事主人公"刘仪顺"三个字，也在那个时候就嵌进了小小少年的脑海里。这不光是我们同为宝庆府人，有着"吃得苦，霸得蛮，耐得烦"的个性，更有"打死架"、"味得安嗯得"（宝庆话，厉害的意思）的江湖义气。他曾汇集了14个省的义军力量，持续15个春秋，牵制了黔、湘、川、滇等省清军主力，与洪秀全率领的农民起义遥相呼应。在他影响下成长起来的农民起义领袖、黔地德江土家人胡胜海，不惜身家性命，率万余人揭竿而起，配合作战以致遭清廷剖心遇难。这一肝胆相照的故事，在宝庆口口相传。

　　想不到，一个偶然的机缘，来到黔地，拜谒了英豪故居，与150多年前的号军首领来了一次穿越。

　　来到长丰，远远地看到一大片石林。石林呈西高东低之势向斜面延伸，画面活跃、栩栩如生的石景，映入眼帘：有的连成一片，绵延数百米；有的孤峰独立，自成一景；有的或像敦实魁伟、手执军杖的将军，有的或如普度众生、慈眉善眼的佛陀，有的或似竖立的定海神针，有的或形同直刺天宫的宝剑，千姿百态，点缀在古老山寨之间。

　　150年前，德江梅林寺胡胜海的"帝国"在哪里？威严肃穆的寺庙在哪里？在山寨与这一片火山溶石之中搜索，均没有着落。一个个神话般的"皇宫""古寺"，似乎早已湮没在青山之中。

一块"梅林寺起义遗址"的路碑，孤零零地立在那里。碑边，几只黄鸡在嬉戏，一蓬绿藤缠绕着半人高的篱笆。站在高处往里瞅，是一堆倒塌的土墙，几片残存的石瓦，两根斜斜的石头门柱。令人无法想象的是，这里曾经发生过惊天地、泣鬼神的农民起义，这里是让清朝政府翻来覆去睡不着、疼疼痛痛十几年的地方。在一阵紧似一阵的寒风里，当年威震山海的胡胜海在这里指挥千军万马的热闹场面，已荡然无存。

清道光十六年（1836）的梅林寺，迎来了胡胜海，也注定了山寨的不平凡。家中排名老二，又生得皮肤紫黑，被笑称"胡黑二"的胡胜海，因为天资聪慧，胆略过人，在12岁时就可评论"四书五经"，梅林寺住持对他喜爱有加，收他为俗家弟子，传授武功。在住持的影响下，胡胜海打小便乐于惩强扶弱，远近闻名。

清末，被称为无序和黑暗的时期。外强不断挑衅，鸦片不断侵蚀国土，社会各阶层的矛盾不断激化，而清朝政府采用封建专制的政权，闹得人们惊恐不已，惶惶不可终日，不时引发一拨拨起义大军，造就了一批批农民英雄。就在胡胜海15岁那年，客家人洪秀全领导的太平天国运动，在广西金田举起了起义大旗，继而舞向全国。惶急不安的清政府见状，旋即着令地方兴办由各地举人、秀才充当团练头目的乡团，组织"练勇"。此时，正在湘黔渝活动的灯花教（白莲教）教主刘仪顺，以传教为名，暗地组织、发动"反捐输、反折征"，拉起旗帜，"联团抗官"。

在思南与刘仪顺结交金兰的土家汉子胡胜海，感到"外面的世界好精彩"，尤其是报名参加"灯花教"后，压在心中的"火山"，被刘仪顺的话猛烈地撞击着，憬悟到在深山中卑微的生存环境里，冲出大山、走向更大世界的生命自由。便横下一条心，向心目中的"神"靠近，拿起手里扁担，走进了反腐败的队伍，协助刘仪顺在黔东北发动起义。继后，在家乡梅林寺，公然举起"反清复明"大旗，手执黄令，头裹黄巾，建立了"黄号军"，以"黄"称王，与思南的"白号军"、铜仁的"红号军",山鸣谷应,配合作战,矛头直指清朝官吏。

农民战争,是封建社会阶级斗争的产物。由农民组织的起义,就是反抗既成的秩序或建制,是农民阶级反对地主阶级的斗争。毛泽东曾说过:"封建社会的主要矛盾,是农民阶级和地主阶级的矛盾。"早在中学时,就知道中国历史上的陈胜、吴广起义,他们为了蛊惑人心,吸引更多被压迫的农民参与起义大军,巧妙地采用"迷信"手段,在一块白布上写"陈胜王"三字,偷偷塞在一条鱼肚子里,让兵士们以为是天意而纷纷跟随他们,建立了历史上第一支农民起义军,建立了中国历史上第一个农民政权,以"伐无道,诛暴秦"为号,打遍大半个中国。

清咸丰八年(1858)二月二十四日,胡胜海在刘仪顺白莲教的引导下,率军进驻大堡,也就是今天的德江县城。首战马蹄溪,继而长冲直入。并联合各路号军,以荆竹园为根据地,推刘仪顺为教主,创立政教合一的政权,改国号为"江汉"。立朱明月为秦王,大将军这把交椅则由胡胜海坐上。

不久,胡胜海又自封为"威福王",设自己的家乡梅林寺为"皇都",并以此为大本营,向周边"开疆拓土"。怀有"鸿鹄之志"的他,不像陈胜、吴广那样靠着某种手段,来巩固自己的"皇家"地位,不搞"邪门歪道",糊弄跟随者。他怀有刘邦那样的自卑之心、自知之明,有刘邦那样用人的胆略,"(子房、萧何、韩信)吾能用之,此吾所以取天下也"。他的神话,就是真诚。真诚的力量,就是强大杀伤力的原子弹。他要借力发力,在有限的梅林寺,拓展无限的空间。于是,广下"帖子",招兵买马,围土千方,筑建皇城,构筑起他的"皇城之梦"。

他也没有浪得虚名,让本已摇摇欲坠的朝廷,先是一阵晃动,然后隐隐作痛。

此时,那个"敢吞天下"的农民起义领袖洪秀全,在定都南京后,因"天京事变"而元气大伤,其"洪氏大厦"在折腾了13年后,摧枯，折腐，倒塌。清廷一边收拾洪秀全残余，一边捂着黔东北这块流着脓、渗着血、带着阵阵剧痛的伤口，"刮骨疗伤"。望、闻、问、切，开方下药，调剂重兵，围剿号军。清同治七年（1868）正月，清军先陷荆竹园，继克覃家寨，强攻县城大堡，黄号军领袖胡胜海被俘。一时，大堡城内，血流成河，尸首如山。随着他们的鲜血渗入黔州大地，这声在黔地吹了十几年的牛角声，在当年闰四月初五日，画上了悲壮的句号。

正当我倚在遗址的墙角，轻轻撩开篱笆向内张望时，迎面走来了一个黝黑的汉子。他说，他叫田辉，就住在对面的铺头，土生土长的梅林寺人，从小听着胡胜海故事长大的。

黄号军起义，给朝廷重重一击。围剿号军的清兵，急调湘军统领席宝田亲率洋枪队7000多人，将90岁的刘仪顺直逼到杨保河而活擒。胡胜海则率军退回大堡，殊死抵抗。清军见胡胜海是个人才，诱其投降。胡胜海却高昂着头，冷笑道："宁愿站着死，绝不跪着生！"即便是在白森森的尖刀下，他的眼睛里仍透露出宁死不屈的秉性。

有着"太子少保"名号的湘军将军席宝田，十八岁入县学，后又就读于长沙岳麓书院，在镇压太平天国军中立下赫赫战功，成为湘军中一个风云人物。受命专办贵州军务，统湘军万人入黔，进逼起义军，是宝庆府走出来的"狠角色"。

在离我老家不到两公里的沙冲岭，有一个形似坟墓的山包，就是他的坟墓。数丈之高的麻石护墙，前面是错落有致、层层叠叠的梯田，左边是一泓清澈的小溪，不远处是水波荡漾的水库，后头则是万木峥嵘的次原始森林，坟墓旁边有几座庭院，是当年供守墓人和佃户居住的。

记得读小学时，我们学校师生"勤工俭学"去捡茶籽，就要从这儿经过。几个大胆的伙伴曾相邀去过他的墓地，听当地老人讲湘军将领的故事。席宝田在塘田市所建的别墅后来被征用，曾作为国共两党联合创办的"塘田战时讲学院"，成为宣传抗日的重要场所。该学院走出如吕振羽等一大批抗战英雄，被称为"南方抗大"，现为全国重点文物保护单位。

据说，席宝田死后，从其塘田市别墅同时抬出48副棺椁，分不同方向出殡，就连他的家人也摸不清哪副棺椁躺着他的真身。当年，开挖沙冲岭的坟墓时，几十个人花了两三天的时间，都无济于事，最后动用了爆破设备才得以打开。

曾看过关于席宝田的资料，这个镇压农民起义的清末湘军将领，每攻占一地，就令士兵烧杀抢掠，中饱私囊而成巨富后，告病离黔回湘。不知道，他在老家铺的路，建的那座类似城堡的坟墓，有没有沾上梅林寺人们的鲜血？现在想起来，真有点胆战心惊。

"成败何足论，英雄自有真。"以梅林寺为王国的胡胜海，成是宝庆人，败也是宝庆人。今天，我这个宝庆人冒着严寒来到这里，试图探寻他的足迹、记录他的故事、传播他的事迹。看来，这个土家儿子，真与宝庆府有着剪不断理还乱的情结，有一种生死宿命。

几年前，长丰"铺上"的田辉，在浙江打工时，一场车祸让他昏死了几天，至今头上还留着一块大伤疤，成为他"浙江不幸"的纪念。但所有这些，都没有削弱他宣讲胡胜海和梅林寺故事的热情。他说，只要有陌生人来，他都会主动上前做义务讲解员，他要将自己所知道的故事传播出去。

他领着我们来到遗址侧边那堆古树边，探身看古树下的大坑，说："这个消水洞，我们称它'万人坑'。也就是当年胡胜海誓死要杀尽天下贪官的填埋场。"

以梅林寺为王国的胡胜海，对贪官污吏有着深切的痛恨。这个君临天下的"土皇帝"，在简易的土寨里，理顺了财政关系，安顿了"臣民"生存，调处了村寨恩怨，也审理了一宗又一宗"大案""要案"，惩治一个又一个大大小小的贪官。望着高高拱起、如利剑出鞘般的石林，一阵硝烟飘到窗前——要始终保持惩治腐败高压态势就得杀一儆百，给猴子看看杀鸡时那个血淋淋的场景。

惩治贪污，有史以来就是贤君治国的一个重要手段。明太祖朱元璋的把式更是新奇：他在各府、县所衙门的左边，修建一座供奉土地神的小庙，在衙门大堂公座的左边悬挂"皮草囊"。对于贪官污吏者，用这座小庙作为扒下贪官皮的场所，用"皮草囊"装上被处死贪官的人皮，来警示官吏。"明太祖为什么能从元朝夺得天下，就是元朝宽容放纵贪官污吏。清政府为什么这样腐败，就是有大批的蛀虫。我要效仿明太祖用严刑峻法，以矫正积弊。"熟读史书的胡胜海，效法明太祖用残酷的惩治方式来治理他的"江山"，用"万人坑"的方式，形成了治腐惩贪的强大威慑力。

"万人坑"，曾填埋了多少个当地贪官污吏，填埋了多少个与胡家的世仇，史书上没有记载。如今，这一大坑已是绿树成荫。为了纪念这场声势浩大的反腐败运动，当地人仍将这里称为"万人坑"。

"这么多人，他们的操练场在哪？"

田辉似乎看出我们的疑惑，紧紧地盯着前方说，离这里两里路光景的地方有一个"穿洞"，是他们召开会议、操练兵丁的地方。"穿洞，是一座巨大的岩洞穿过整座山，就像陶渊明笔下的桃花源一样。"

这不正是我们刚刚参观过的桃源洞吗？这座被称为桃源洞的"穿洞"，像一个巨大的月亮挂在山腰间。正对洞口中央有一个圆润的石头，顶上放着一个巨型牛角，当地信奉的雷公风婆伫立在石头正面。洞中有小桥流水，有平整的地面，还有一排民房，崖壁上不时有岩水滴落，叮叮咚咚。走近洞口，目测洞高10米以上，深达50米，宽则40余米。

大门口有个老者正铺开宣纸，一幅行云流水般的草书落在纸上："荣荣窗下兰，密密堂前柳。初与君别时，不谓行当久。"老人临的陶渊明的《拟古九首帖》。见我们到来，老人立即放下笔墨，把我们请进洞内，倒茶递烟，热情得像老朋友见面。

走进"穿洞"，紧贴洞的一侧一条清澈见底的小溪，潺潺而来。形状各异的石头横贯其中。溯流而上，洞的后门也是被一块巨大的石头顶着。随着一条山路向后望去，只见一座座吊脚楼挂在云端之间，炊烟在微风里袅袅而起，鸡鸣，犬吠，牛哞，以及小孩们的打闹、嬉戏——洞后面藏着热热闹闹的山寨。

老人呷了一口茶，望了望山洞说：这就是陶公笔下的桃花源。春天，后洞的桃花芬芳；冬天，山崖的腊梅绽放；夏天，则是鱼翔浅底；秋天不用说，整座山就是一座大仓库，什么果子都有，随处可取。虽时值初冬，但整个桃源洞不惜万木青翠，不惜百花清香，不惜百鸟清鸣，迎接着一个个来客。

站在老人的书案前，看着力透纸背的书法，暖阳，和风，柳丝，在我们的谈笑声中，款款而来，翩翩而去。

想不到，这里曾经是胡胜海的集训地。当年的黄号军在这里组织召开"千人大会"，各路好汉的声声呐喊、篝火燃起的滚滚浓烟、向天示威的隆隆炮火，在明媚的阳光下，早已洗去了血腥，火红了山寨，葱绿了大地。

顺着右边石碑处的小路往东边山上走去，远远地看到一块牌坊，上面写着"梅林寺黄号军遗址"。

关于梅林寺那场血雨腥风的战斗，史书上没有过多的记述。曾在一本小册子里，看到过一段简短文字："遗址在一小山堡上，石墙呈马蹄形，高达2米，中间有一个封闭式石门，山坡下半部很陡，沟底是一条小河。"

站在牌坊边向远处眺去，那北面的山坡从结构上看应该是当年留下的记忆。浓雾弥漫的山麓，似乎还隐藏着一股火药味，在150多年的时光里，隐隐绰绰，高远飘忽。

150年前的那个晚上，清军乘胡胜海在外作战、后方守备不严之际，用重金收买了驻守老营的哨兵，以火把为号袭击老营，火烧梅林寺粮仓。胡家寨300多口人惨遭活活烧死，纵使有侥幸从火海里逃出来的，也被围在四周的清军用刀击毙，胡胜海家人在这场惨案中无一幸免。梅林寺"皇宫"与其后人，从此湮落在某一角落，成为山寨痛苦的记忆。

站在自己"以梦为马"的脚下，深谋远虑的胡胜海，在这里筹建军队的同时，不忘"以农为本"，号召军民且耕且战；将豪绅富户土地分给无地少地的农民耕种；组织截劫清军粮饷；利用发展经济来扩大影响，瓦解清军士气，宣传济困扶贫主张。那声声带着土家口音的召令声，喊彻了整个黔地，震撼了整个清廷。

正面那扇巨大的天门敞开，雾气蒙蒙的门洞，酷似仙女拜佛的崖壁，时现时隐的烟火，直向蓝天。状似如来五根手指的五指山，严严实实地遮去了远方，像威武的门神守护着这里。

"高山雄鹰"的胡胜海，没有像天王洪秀全沉湎于纸醉金迷的生活，而是怀有凌云之志，始终牵挂着与自己朝夕相处、情同手足的父老乡亲，与自己浴血奋斗的城堡。他知道自己是大山的儿子，就像古希腊神话中安泰离不开大地一样，大山是他源源不断的力量。山寨是他的本，是他的根，是他的王国。渴了就喝口山泉水，累了就饮杯"苞谷酒"，饿了就啃根山薯根，他想用自己的生命力和人格，给这座大山留下重重的印记。"清早起来啄杯儿，赶着牛儿喃噻，上高山喽啄杯儿啄。"当晨曦刚放，他眯了眯眼睛，听着远远传来的山歌声，发出爽朗一笑。

他眼中的"皇家"土地，朦胧洁白，薄雾从地平线上升起，形如不远处的"洞庭河"，蜿蜒在莽苍的翠绿之中。这条人称"焦云之溪"的河水，像一条绿色飘带，将层层梯田有机分割，错落有致。金黄色的田畴，葱绿的山峦，暮归的牛羊，嬉笑的牧童，在他的嘴角边得意地扬起。而他的目光所到之处，正是黄号军浩浩荡荡，纵横驰骋。

一阵清脆的木鱼声，从山头的一间铁皮房传来，绵绵得催人泪下。田辉说，这里就是古时的梅林寺，曾风光得不得了：这是一座三门三殿的大型古庙，整座寺院建筑面积有两千多平方米，用于生产的土地百余亩。立有一百多尊大小佛像？四合天井院中还有一口水井可供数百人饮用。

时光更迭，红红火火、香客不断、傩声不绝的古庙，已风光不再，寺内原有的佛像也已难觅。

晚风轻轻地吹着铁皮房，不时与里面的木鱼声唱和着。对于山寨来说，这风前暗点的敲击声，到底是喜还是悲？

前方的禅房，倒有点清味空门。老师傅一味地念唱着、吟诵着——禅已到了这样的意境，或许就是古寺的一道风景。在另一间铁皮屋里，一幅"神仙婆"照片挂在墙上，一个身穿法衣的傩师，正在双手弹指，唱唱跳跳。

这是梅林寺独特的民间文化。受巴蜀、荆楚文化影响，有着宽广包容力的土家人，热情拥抱外来文化，尤其是胡胜海与刘仪顺结交后，这儿将儒释道与当地土家先民祭奉祖先的傩文化有机嫁接，"寺院傩"水乳交融，自成一体。

一个稻草扎的草帽人，放在胡胜海塑像的后面，双脚绑住的雄鸡跪在草帽人上。旁边的菜刀在夕阳下，显得白森森的。

一道红光在手起刀落间，呈弧线往那尊塑像抛去。

傩师一声"流水落花"般的口哨，飘荡在山风暮霭的古寺那片烧焦土地的上空，飘洒在山寨之间，飘向苍茫大山之间，尖厉而婉转。

风雨扶阳城

每个人心中，都有一座城市。走过的路，唱过的歌，牵过的手，亲过的人，都会嵌入记忆之中。

——题记

在中国城市建设史上，挟着1400多年风云的城市可能很多，但有几座能藏在深山不事张扬而落入历史？在中国建筑史上，不拘一格的城市建筑不胜枚举，但有几座城市能靠石头作为主要建筑，高峻、凛然，迎击着1400多年的风雷雨电？

黔地扶阳，就是这样一座沐浴千年荣光的石头城。一千多年来，它朝闻雨露、暮击山涧，谜一样点缀这方山水，谜一样又被遗弃于崇山峻岭，甚至连当地史册上也没有多少痕迹。

这是一个秋雨纷飞的下午，我们从县城出发前往古城。汽车沿着蜿蜒的山路爬行，两旁高耸入云的山崖、扑打车窗的浓雾、趴在坡头的牛羊，以及山道边挂着串串玉米棒的土家吊脚楼，在窗外描绘出一幅水彩画。赶到大佛山时，小雨突然停了下来。当滑过一道山坎，穿过一条"石缝"，一座石头撑起的大门立在眼前——扶阳古城到了。

石头围成的城墙，一层叠着一层。虽然，有的已被风化，残存部分石角，仍不失森严、庄重的气息，孤傲地站立在那里。

时光老去，这些镀进石头里的秘密，摄人心魂。我们从一块风化得只剩下"内核"的石门走进去，只见一块偌大的石块铺在房子前面的阶梯上，目测这块石头足有三十来平方米。进入大门有两层石阶，第一层为五级石踏步，第二层为四级石踏步，合为九级踏步。刚开始，抱着好奇心数了数石块，踏着踏着，脑子里竟然蹦出了"九五至尊"的想法来。平台宽有四米左右，通过平台石阶檐可进入三合院，平台左右可通过厢房（左右厢房）通道逐一而上，经龙门进入二进三进院落，正堂通面阔三间，厢房通面阔二间，阶檐一般用三块四米到六米长、一米来宽的石墁铺就。

整组建筑遗址呈长方形，以中轴线逐渐升高，层次分明，院落与照壁形成四合院布局。中轴线上仍有大门的遗迹，院落地坪也全为青石板铺墁。朋友杨旭告诉我们，这是古城的客馆遗址，是独立三进高石墙围护庭院式布局。他指着前方说，那是古城的集市，那是护城河，那是作为古城大型排水系统的沟壑。

我们拨开茅草，在一块一块的石块里寻找古城痕迹：几乎是石头博物馆，庭院四周，全是石块垒成。薄的、厚的、圆的、方的、青的、白的，五彩斑斓，成为天然防护墙。

俗语云，远亲不如近邻，看来古时的人们早就知道和谐社区的重要性。他们在城市建设中，早就洞悉社会心理规范、人情世故，并将这些渗透到每一条巷道、每一座庭院、每一扇石门之中。在围护墙建造上，左右各有一道石窟龙门，各院落右侧围墙设一道供进出的石窟龙门。

沿着城墙往里走，一扇三米来高的石门框，耸立在正前方。穿过这道门向西走，是一座只有在电影、电视里见到的"衙署"。城墙的四周，同样设有与外界相通的卡门。城墙有几段塌圮，但不失当初的威厉。

从跟前的石头布局来看，贯穿南北的石板路将古城分为两个区域。以古城的文化和经济中心的"衙署"建筑群为中轴，各庭院经纬相连，街道分隔各方位区域。在主庭院与次庭院之间，又以高石墙相护。庭院之间各设一石窟龙门相通，围墙与围墙之间形成一巷道。

"闷宫有伭，实实枚枚"（《诗经·闷宫》）。远古时期殿堂雄伟的气势，在历史尘埃里掸了出来。杨旭得意地抚摸着石楣，说得眉飞色舞："这是衙门，建筑面积最大，横向面阔在30米左右，应该是主要建筑。次要庭院在20米到25米不等。单体建筑通面阔大多为三间，进深通面阔差不多有10米，正房前左右建厢房，形成三合院、四合院布局。"

这座石城，有宫阙九重，廊腰缦回。整个建筑，统一规划、统一设计、统一建造，有城垣、城门、巷道、房基、庭院和排水系统、消防系统、防卫系统等，设施完备，布局合理，房基宽大。各种料石均呈条形，巨大厚重，做工精细，龙门、院墙、台阶均有雕花，有的院墙还镶有浮雕。前面有一座院子，只见院落开阔，正面院墙高达两尺，其上凿有七个插旗孔，院子右侧为龙门，龙门外有九级石梯，石梯下连接"官道"轿台，供上下轿使用。显然，这是最高官员出入之地。北面，分别遗存有两个彰显科举功名的石闸子，从它的高度和精制程度，可以断定，这里人才济济，文化发达，也可以想象到这座城市的繁华。

庄子曾说过"技进乎道"。这个"技"，就是我们常说的工匠精神，就是对所做事情有近乎强迫的专注。这个"技"，如果放在这座古城，同样体现出先辈给后人留下的精湛工艺。

一整块石头铺成的石铺通头，基本上都有四米多长、一米多宽、二十厘米厚，重达三吨以上。行走在古城里，走在一座座庭院的石阶檐上，想想这样一块块巨大石料，在当时运输能力极差的年代，又是如何铺设而成的？

古城建筑的做工用料也非常考究。城内的石墙，都是双层料石构造，其墙体中间和石院坝全部用河沙填充。从建筑学来看，河沙是理想的填充和铺垫材料，有着受力均匀、容易渗水、减少损耗、保持墙体及石院坝的清洁、增加其稳定性的作用。看来古城人，早就掌握了建筑填充技术，通过河沙填充的建筑，历经一千多年来的风雪、雨霜、人为劫难，其墙体中空和庭院石块依旧巍然屹立。

石雕，是我国最古老的民间艺术。从古至今，从南到北，以石为材镌刻历史，以石为纸传承文明。"如跂斯翼，如矢斯棘，如鸟斯革，如翚斯飞。"这是《诗经》中描写宫殿建筑的诗句。那时人们非常自然地把建筑造型与飞禽联系在一起，寓意深刻。古城建筑艺术，更是表现在那一块块精湛的工艺雕刻上。大门内外石板雕刻的铜钱花，石基上一组组整齐的几何图案，寓意吉祥、精美生动的草木鸟兽石雕图案，一条条鏊路整齐、平直、匀称，充满韵律与美感，寓意深厚的"五子登科"的图案，无不折射出巴楚文化与中原文化的碰撞与融合。古城庭院内，还看到三块雕刻着吉祥图案的陡板石，由南至北，分别是"天禄望月""麒麟献瑞、松鹤延年""鱼跃龙门"等石雕图案，尤以中间组合的最具代表性。

石雕差不多两米来长，一米来高，以松树居中，左、右两边分别是麒麟与仙鹤雕饰。麒麟口吐玉书，寓意"麒麟献瑞"；仙鹤与松树组成"松鹤延年"，寓意健康长寿。图案里的树底下，还精妙地雕刻了寓意招财进宝、官运亨通的金蟾。布局精美，妙趣横生，耐人寻味。这些穿越时空的石雕，让历史风云与现代阳光并立，让古人与今人用石头语言对话。

狮子，被誉为"百兽之王"。随着佛教的传播，狮子成了人们信仰的一种图腾，与龙凤一道成为威震八方、唯我独尊的王权与胜利化身。石狮工艺，早在东汉时期就传入了中国。那时起，人们在修建宫殿、陵墓、桥梁、府第及房屋建筑时，开始结合风水、五行布局，安放上雕刻得栩栩如生的石狮子，以辟邪驱恶，彰显吉祥、守护平安。这些，无疑成为古城的艺术特色。唐末画僧贯休以梦游成诗，他所写的"宫殿峥嵘笼紫气"这句名诗，不知是否梦游到黔地的石城。

摆在中寨的石狮，以砂石圆雕，身缠绶带，整体简练、粗犷而又厚重，面貌朴拙又不失传神生动。在千年的风雨里，面部已风化，前肢惨遭毁坏，但仍旧傲然屹立，成为这座古城的形象代言。

从这个卡门走向那个卡门，从这堵墙走向那堵墙，走在蜿蜒的石墙上，登临怀古，感受先辈们的伟大、勇敢、智慧和勤劳。一代又一代古城人，用一块又一块沉默的石头，写下一个又一个悬念的文字，静静地迎接一批又一批的来者。

阳光缓缓地落在后山的树上，落在寻访者的脚步声里。置身于全是石头的街道，握了握透过石缝的阳光，手指间的斑斑花纹又多了丝丝幽蓝。那缕缕条纹相依的光芒，不甘心似的与秋风、秋雨、秋阳对话。庭院里疯长的草木、怒放的花朵、横七竖八的家具，躲在草丛里随时奔跑的动物，来了又去、去了又来的人影，成为这里诉说胜似桃花源的理由。

而当倚在石围墙下，眺望一条条石板道、一道道石官路、一扇扇石龙门、一张张石阶檐、一块块"石墁铺"，这些加工精致、四棱方正、安装严密、线条平直的料石，在石块之间、在院落之间、在脚步之间传来叮叮当当的石锉声，是那么的悠远，那么的绵长。那一缕缕沿着城头轮廓而游弋的尘烟，在一双双大手里托起。

我徘徊在古城里，瞧着暗红色的门楣，对着那副发白的"人寿年丰"对联，长长地嘘了一口气。当看到一缕炊烟从下院的屋顶上飘起时，心里在叩问：哪儿能表现出古城的体温？哪儿又是古城的精神高度？

"芦苇萧疏天气清，水含山色照重城。绿芜何处管弦地，碧落旧时钟鼓声"（宋·陈襄《古城》）。一座城市的历史高度，在于它的文明程度；一座城市的文化根脉，来自它的历史深处。在历经沧桑变迁和岁月洗礼之后，那些留住岁月记忆的城市根脉具象，就是这座城市悠久的历史和深厚的文化积淀。

古城背依大佛山，前为白虎岩、轿子顶，南连扶水河，北接龙溪河。如果站在对面的轿子顶上纵目远眺，会发现巍然屹立的大佛山，分别被香炉山和石炉山相拥。两边，瀑布如练。扶阳河如玉带般环绕，云雾沿山腰轻飘曼舞直奔天际。此景象如仙景般嵌进这座山城，氤氲着子民。

历史悠久的寺庙和佛塔，是古人遗留的建筑精髓，是一座城市文明的风向标，是承载一座城市文明的重要支点。扶阳古城的三座古塔，在千年风雨雷电的洗礼下，任岁月流淌，四季更迭，以亘古不变的姿态，傲然屹立在春夏秋冬的轮回中，为古城默默地坚守着、张扬着、体现着千年人文历史的厚重和黔地各民族儿女坚韧不拔的性格特征。

"……是字也，疱羲氏作龙书，神龙氏作穗书，黄帝氏作云书，少昊氏作鸾凤书，高阳氏作蝌蚪书，夏禹氏作钟鼎书，务光作倒韭书，不同而谐声，注意而未尝有不同者。当世之人，有愚夫而用以糊壁，有愚妇而用以封瓮，至于辱以泥涂，弃之污秽，其弊岂胜道哉。……"

这是古城惜字亭的碑文。这座竖立在下寨梯田间的惜字亭，为砖石建筑，其水平面呈六角形，边角长约2.6米，通高三层约16米，料石基础。第一层为空心，正面泥塑凸雕彩绘仙官，二、三层为实心。据塔上碑文记载，此碑始建于清咸丰七年（1857）。

与惜字亭塔相距不到10米的地方，尚遗存一座平面呈六角的塔基。塔基对角线8米多，边角长也有5米，露出地表约1米。因风化严重，无法看清楚其始建年代。

古城遗址左侧，相距约100米处还有一塔基遗址。水平面呈六角形，料石砌制，边角长2米有余，高约2.5米，塔心用泥土填充，没有发现文字记载，从地基来看，应该是座三级塔。座座古塔，是否见证了历史的演变？是否记录着这片土地曾经的辉煌和神奇？我们从一座座风化的石块里，一个个嵌在石块上的文字中，遐思悠悠，感受这些文字蕴藏着深远的历史文化内涵，探寻多民族文化碰撞出来的秘密，感受到古城对未来的期望。

寺庙，是我国的艺术宝库，是悠久历史文化的见证，是体现一座城市文明的重要符号。寺庙文化，完整地保存了我国各个朝代的历史文物，渗透到生活的各个方面，如天文、地理、建筑、绘画、书法、雕刻、音乐、舞蹈、文物、庙会、民俗等等。"大殿连云接爽溪，钟声还与鼓声齐。"从古城朝阳寺传来的钟声，撩过石头围起的城墙，唱和群峰吞吐的佛颂，越过苍天高远、越过山峰平原，与远在长安城唐宣宗的钟声和鸣。

"朝阳寺，城西八十里，安属（安化县属地），寺最古。雍正十二年（1734）重修厅堂，僧寮。下有溪，渡以石桥"（《道光·思南府志》）。这座载入史志、被称为安化县（德江县前身）最古老的朝阳寺，位于古城南面约2公里的朝阳山坡，始建年代未有考证。据碑文记载，明万历年间为当地人朱文启重修。清雍正十二年（1734），又重修厅堂、僧寮。后改为永盛寺，继南宗临济宗法脉，自倚一支。传说，这儿僧人甚多，成日香火不断，佛事不绝，享誉黔地。

这座占地面积达3000平方米的寺院，青石板院落，现存后殿五间，左一楼一底厢房三间。寺门、前殿、正殿及殿内百多尊佛像已毁，遗址犹存。寺后原有佛塔若干，现保存三座。据碑文记载，至清道光二十年（1840），住持已有三十九世，如果按每世25年计算，到清道光二十年止，其年代可上推975年，也就是说该寺有可能始建于唐懿宗年间（860—874）。

在朝阳寺，我们有幸看到珍藏在这里的五块石碑。其中一块刻有"重修碑记"。碑文介绍古城郊外这座古寺，"威洞烛品物，咸享群仰，金阙至尊之德，尽沐昊天无极之仁诚"。由于各种原因，原寺辉煌难继，施主朱文启等人见状，发动乐善好施之士乐捐重修，让旧寺焕发出新的活力。

另一块是立于清道光二十一年（1841）闰三月十九日的"昭示来兹"碑。

轻轻地拂去碑上的尘埃，心不由得紧了起来。合十、肃立，久久地伫立在那里。这是时任知县郑示范所立的一块碑。碑文记述了古城人朱灿、朱明山、周仲勋、杨正贵、赵宏光等人向政府禀称，朝阳山庙每年所收租谷，除僧人食用及"焚献"之外，可余市石谷三十石，希望能"以此为赀"，在当地设立义学。政府准允，命其名为"朝阳义馆"，并出示晓谕：

"示谕前来，除给朝阳义馆名目外，合行出示晓谕，为此示仰该处附近士民人等知悉，尔等如有子弟无力从师者，可赴朝阳义馆就学，务朝师长尽心训课，子弟勤习诗书，异于地方风俗日有裨益。"碑文在最后还加上一句："本县有厚望焉。"可见，当时古城文风之盛。

作为深山沟里的扶阳城，其地域文化就是这里的人文精神、人们和谐生活的价值观念。"朝阳义馆"的创办，为古城插上了腾飞的翅膀。从这里走出的学生，志存高远，人才辈出，远近闻名。

由于联合办学的需要，学校已迁出了古寺，乡村学校走上了联合办学之路，为"朝阳义馆"画上了圆满句号。但这段办学经历，成为古城人文明的刻度，嵌进时代记忆之中。

来到朝阳寺，杨旭急忙扣正衣服，虔诚地走了进去。在这里，磨砺了他17个青春岁月。中学毕业他便在这里执教，背负着一身"情债"，从二十来岁的青春小伙，到已躬着背穿行于山里山外的"小老头"。

"长亭外，古道边，芳草碧连天。晚风拂柳笛声残，夕阳山外山。天之涯，地之角，知交半零落。人生难得是欢聚，唯有别离多。"杨旭小声地哼着。猛回头，看到他眼角挂着泪花。

城市文明的象征，可以从墟市里窥见一二。受商品化程度、交通条件、人口密度、居民生活需要、政治和文化等因素的影响，因而它又带有浓厚的地域文化色彩。"南方定期市集。隔二、三日开市，多为早市。墟市多设在城外，逐渐与城镇发现为一体"（《中国历史辞典·宋史》），位于古城护城河的墟市，云集了四方百姓来赶场（赶墟），这一带也因此被称为赶场的"旋厂"。

古城，商铺林立，造轿的、卖吃的、卖药的、卖弓的、卖布匹的、卖水果的、逗鸡的、遛狗的、玩马的，高粱酒、麻糖水（酒）、糯米酒，铁匠铺、银匠铺、掌灯铺、烧饼铺，一应尽有，热热闹闹，盛满城市的"自然"。

扶阳古城，虽处在深山之中，但这段湘黔渝接壤之地，是西南地区的重要军事要地和交通咽喉，也是东西方文化交融的十字路口。面对战争切割着王朝更迭，它死死地用大山的精神向度衔接着文化经脉。四通八达的古道，构成了古城最原始的交通网络，在山间盘旋，在溪流边行走，在大山深处出没，每一条古道，承载扶阳人曾经的梦想和希望。

古城，见证着英雄威武而演绎烟雨繁华。在古城阡陌的石板路上，似乎看见了一个背着行囊的异乡人走了过来，这个人就是田秋。他是不是从时光的背后走过来的？是不是从这里走向考场？这个划历史性的贵州才学，面对科考路上"山路险峻，瘴毒浸淫，生儒赴试，其苦最极"而上疏《开设贤科以宏文教疏》。这座古城，或许因为有了他的堑路打磨，有了新的启程。

它，一定是藏在岁月深处，正在聆听文明的柔软吟唱。走近扶水河、衙门口、园林、兵营、哨亭、点将台、马道子、马场、官林、集市、练兵场、古塔、官道、护城河、戏台等，在古城的世界中，盛满了一座城市内在的浩渺、跌宕。这些都会让人想起一个个生活在这里的铮铮汉子。每当人们走在古城对面的山头，指指点点：这里叫囚狱堡（监狱），杀人界（刑场），那里是跑马场等。每一个城市具管理功能的地名，企图努力激活隐遁在石头里的故事。

石头沉默。阳光下一个个匆匆的身影，穿梭着古城的经纬，是不是正转响着岁月的孤独？

人类社会文明史，首先是一部江河史。老子曾说过，城市常常处在江河的下游，它像美丽的女性，是经济、人文、思想的荟萃之地。"水光摇极浦，草色辨长洲"（唐·李绅）。河流，如脐带般哺育着人类、滋养着城市，推进着文明，带给人类的是生命与活力。古人早就将城市与水共同规划，人与水和谐共生。

人们常说的"逐水而居"，不仅仅是人类居住的概念，更是人类文明的重要标志。世界上每一个文明的发源地，都是傍依江河湖泊，依靠必要的可供水源而发展起来的。全长6670公里的尼罗河，发源于维多利亚湖西群山，流经坦桑尼亚、布隆迪、卢旺达、乌干达、苏丹、埃及等国境，注入地中海，流域面积287万平方公里；发源于安第斯山脉，流经秘鲁、巴西等国境，注入大西洋的亚马孙河，全长6400公里，流域面积705万平方公里；全长6300公里、流域面积180万平方公里的长江，"众流归海意，万国奉君心"（唐·杜甫）。江河，以其丰沛的乳汁，孕育了人类文明，崛起两岸城镇的繁华。一直以来，人们将赖以生存的河流与生育养育我们的母亲相提并论，尊称为"母亲河"。

乌江，古称黔江，为黔省第一大河流，也是长江一条重要的支流。有着"诗豪"之称的唐代诗人刘禹锡，曾泛舟黔江，远处山林间猿猴跳跃，天边的那道彩虹如梦印在波光粼粼的水面上，欣然写下"猿狄窥斋林叶动，蛟龙闻咒浪花低"。仅此一句，足以印证一条江水的豪壮。

作为中国第一部体例完备的政书《通典》，在第183卷里清楚地提到"扶阳在扶水北"。现存最早系统记录唐代历史的《旧唐书》，也用不少的文字道出，古城扶阳为隋仁寿四年庸州刺史奏置，"以扶阳水为名"。

"黔阳春早碧云齐，万叠青山万曲溪"（明·沈岱）。作为"万曲溪"之一的乌江支流扶阳河，就是穿过扶阳古城南面的一条河。扶阳河两岸巨崖张立，倒影似墨；那如盖的楠木、红豆杉碧绿得如翡翠一般，向河中央的小船招手。桨片之下的河水，泛起金黄的波浪。不知道，古人李光、沈岱、王师能、安康、王阳明、李渭等等，是否泛舟过扶阳水，史书里没有记载。但他们闪着乌江光波的诗歌，植入了两岸深厚的文化基因，在山岚里弥漫着诗意的清香。

　　"外商必就市井"。有了一条河水，就有了一片世界，就有了因水而居、"因井为市"。在人类社会生产和生活中，人们环水而居，河、湖、泉、井，自然成为群居的首选，并绕集而市。

　　排水功能，是一座城市文明的重要标志。公元前19世纪建造的河南偃师二里头王朝都城，是我国目前发现最早的古城。其在宫殿建筑之间的通道下，安装有木结构排水暗渠、石板砌成的地下排水沟和陶排水管组成的地下排水设施。

　　历史，同样把机遇留给了扶阳古城的设计者和建设者。在古城的建设中，不仅充分利用自然河流开渠引水，而且明渠与暗沟相结合。一块块石头之间，一座座庭院之间，一扇扇卡门之间，都建有明暗石质的排水设施，构建了完善的排水系统，打造出"环保型"城市。扶阳古城的"给排水系统"，都是经过缜密规划、严谨布局。无论是自山洞引水入城，通向城内水池的引水入户，还是生活用水，都是通过排水系统流入主干排水沟，组成发达又完备的给排水系统。建造者在护城河北面城墙中，还砌二个方形进水口，下雨时主干排水沟内的雨水，经进水口流入排污河沟。

　　衙署右侧，建有一座面积达400平方米的水池。池北面为城墙，城墙下为主干排水沟，东南西向为料石砌制。"月亮起来像把梳，楠木水桶三道箍。一根扁担三尺三，今天挑水心不宽。一只锦鸡飞过湾，你不挑水水黄干。一只锦鸡飞过坳，今天挑水划不着。"这是扶阳风俗《哭嫁歌》中的"哭挑水"，一定程度上表现了对这座城市水的认识。

　　古城的饮用水，为背靠的大佛山山洞地下水所赐。其山顶有一座石岩，当地人一直靠岩洞里流出的泉水过日子。直到前几年，户户通上自来水后才停止使用。

　　沿着一条石槽往上走，穿过一大块原始次生林，石槽古迹断断续续地在岩石、水流、杂草和树木之间蜿蜒。爬了两公里左右，便是古城的饮用水所取之地。可惜洞口已封，无法进洞了解水源的状况。渗透出来的股股泉水，叮叮咚咚，欢快地跳到山坡。一股泉水冲到一块石头面前，转了一个弯后，默默地潜入古树根部。

水，是城市的命脉。一座城市因水而兴，亦因水而灭。位于新疆南部塔克拉玛干大沙漠中的楼兰古城、位于陕西榆林毛乌素沙漠中的统万城，两座城市中，一座曾是古丝绸之路上的繁华商城，一座曾是显赫一时的夏国都城，都是因缺水而湮没在黄沙之中，变成荒凉的无人区。在古代丝绸之路上，像这样曾经繁华的闹市，因水断流而消失得无影无踪的还有很多。

几年前，我曾去过新疆图木舒克市，拜谒过唐王城遗址。这座建于公元前206年的古城，城墙用泥土、沙石筑成，分内外两城，及大外城几个部分。维吾尔语称这座古城为"托库孜赛来"，汉语是九座驿站或九座烽燧之意。传说，唐玄奘去西天取经时路过这里，传经送佛而佛经盛传。在文史资料里可以查到，公元前二世纪，这座城市是西域三十六国中的尉头国，后曾是古龟兹国与古疏勒国的分界线，是一座依山傍水的军事要塞。

到了1845年3月，"戴罪充边"的民族英雄林则徐，踏勘南疆八城途经这里，"遇大风，歇三日"，"风力之狂，毡庐欲拔，殊难成寝"，昔日繁荣辉煌的城楼，早没有踪影。留给他的，只有一堆黄沙和一声长长的叹息。

这个曾经林木茂密、水草丰美，孕育过农牧交错地带的辉煌城市，已成了漫漫黄沙之地。从山腰绕到山巅，从"外城"走到"内城"，汗水流得满背都是，衣服可以拧得出水来。站在土坯残存的城墙上，无法辨认哪儿是城墙，哪儿是街道。

而走进扶阳古城，冷不防眼里飞进了一粒细沙。我瘫坐在城垛上，与朋友指着脚下石头支起的城墙遗址和洒向古城的阳光：是什么让这座名鼎千年的繁华都市变为废墟？古城无言，古驿道无言，我们更是无言。

难道真的是你，一尺尺缩小的河道、一寸寸抬高的河床、一天天断水的河流？

唐宣宗时，进士李群玉曾在某个寒冷的早上，走到一座石头城里，看到长空一色，潮声喧天，便奋笔疾书"八极悲扶拄，五湖来止倾。东南天子气，扫地入函京"。我不是唐朝诗人，无法领略李群玉的意境。面对黔地扶阳古城，这座曾喧喧嚣嚣的城市，早已落得空空荡荡，就连远处某家公鸡的打鸣，也回荡得好久好久。便躬下身来，好奇地拨开长在石缝里的野草，坐在磨得精光的石板上，惶惶恐恐地注视着前面一道卡门。

时间将使时间得以生存，岁月却因岁月而灰飞烟灭。在盛唐时期，唐诗已风靡中原，贵州却"俗无文字，刻木为契"。当长安城里莺歌燕舞、一片繁华的时候，这里的百姓仍是"依树为屋巢而居"（《旧唐书·南蛮传》）。州城没有固定治所，靠寄治于部落而置山谷之间；农业生产还停留在"刀耕火种"状态。那么，对于经济社会更为落后的扶阳，要建造如此规模巨大和工艺水平相对较高的城市，得付出多大的代价？

这无疑是一个规模宏大的工程。人们从简单的比较中，推断这座城市建造的规模，推断这座城市曾经的繁华：

主体遗址工程面积达6万平方米，其石墙、石院坝、石阶填充和铺垫的河沙就在12万担以上。按100个劳力搬运一年计算，需要3万多劳动日。达8万平方米的古城主体建筑，从开挖、平整地基到石料的开采搬运、加工安装到房屋亭台的修造，按当时的生产工具和技术推算，需要100多万个劳动日，按每天使用500劳力来计算，需要连续修建六七年之久；其所耗财力折合粮食当在20万担以上。如此巨额的财力和众多的民力、庞大的工匠队伍，根据隋唐时期扶阳县的经济发展水平和民力资源、技术力量，建造这座县城又需要多少年？

关于古城建设者，又是一个谜团。《旧唐书》里对费州有这样一张"人口普查报表"：在唐代贞观四年（630），仅有2709户6950口。其时，费州领涪川、扶阳、城乐、多田等四县。史册对扶阳户口没有记载，但可推测其"在隋唐时期的人口也就一二千之数"，且散居于境内各大山寨。如此庞大的人力，他们从哪里来，他们以及他们的后代又去了哪里？

写到这里，我想起曾经读过的关于古埃及金字塔文章。作为世界七大奇迹之一的金字塔古城，有110座大小金字塔。单从占地13.1英亩的胡夫金字塔，由至少重2.5吨的近260万块巨石建造。人们无法想象在那么遥远的年代，在只有粗陋的工程技术水平的年代，是怎样建造出这一举世罕见的宏伟工程。当时的建造者，没有起重设备，没有滑轮，甚至连车轮子都没有，他们是怎样将这些又重又多的大块石头搬到金字塔上的呢？在建筑技术方面，4500年前人类尚未掌握铁器，塔身的石块之间，没有使用任何黏合物，历经至少4500年的风吹雨打，其缝隙迄今仍相当紧密，一把锐利的刀也难以插入。如此精湛的工艺，竟然出自4500年前古埃及的工匠之手？

"沧海桑田"，人类社会早就感悟到世事的变化无常。金字塔从世界的角度，画下一个谜团，待后人破解。

走进这座藏在深山里的石头城，你就会懂得了什么叫永恒，什么叫须臾。方方正正的石块，在辽阔的历史风云中，轻描淡写地留下某段痕迹。梵钟声声，军垒横陈，繁华、富庶、衰落、荒芜，古城魔幻般的宿命在刺骨的山风里，欲说还休。

而城角的千年古树，正捂着一段往事，在石头坡上的媚波一闪，藏下了一座古老城市的密码。

潮砥之砥

绵延1000多公里的乌江，穿过一段名叫潮砥的水域。这儿，有一块巨石嵌着四个大字——"黔中砥柱"。虽然，后来因下游蓄水，巨石被淹没于水中，但这四个大字，如同它的主人，像五百余年前的落笔那样，把一条江照得敞敞亮亮。

写这字的人叫田秋，明代思南府水德司人，读书人称他为西麓先生。德江县城中心区建有一公园，以县人民政府的名义立了一块石碑，介绍了他的生平；建有以他名号"西麓"命名的九层楼高的西麓阁。思南县还建有以他名字命名的学校"田秋小学"。

明嘉靖三年（1524）正月，春风依依，已荣任福建延平推官的田秋，带着一份荣光，走上回乡之路。当那叶小舟行至乌江潮砥，只听得恶风横江，卷浪万丈，前方险滩不能再行，必须下船"盘"滩。但见江中，巍然耸立着一鹭鸶巨石，面平如砥，大浪与巨石相撞，卷起层层白浪。滔滔江水，翻卷起一轮又一轮的波澜，震荡着这个才俊的心扉，不禁感叹求学进京的激情岁月。"（黔地）之士，望王门于万里，扼腕叹息欲言而不能言者亦多"。激浪如练，"黔中大地，谁主沉浮？谁又敢当中流砥柱？"

"崖谷吐吞成雾雨，蛟龙战斗作风雷。"这是北宋著名史学家范祖禹的诗。范公，一直是田秋心中的楷模。他编撰了12卷《唐鉴》、8卷《帝学》。那天，这个被尊称为唐鉴公的人站在三门峡上，面对倾落九天的波涛，望着矗立如柱的三座峭山，喊出"砥柱诗"来，又让世人多了个"三门峡砥柱"之谓。想到这里，田秋整了整衣袖，招呼同伴，提笔挥墨，一气呵成，写下"黔中砥柱"四个刚劲有力的大字，又不忘落款写道：甲申岁孟春月吉旦，西麓田秋题。

或许，他的提笔只是一个历史巧合。但，嵌进鹭鸶石上的四个大字，像身着雄装、挺剑而起的英雄，中流击水，风霜无惧，傲然耸立。

12年后，坐在京城吏科给事中的椅子上，田秋回想起家乡的一切：乌江边上形如中天的椅子山峰，形如砥柱的巨石，以及石上激情四射的大字——雄伟的山，奇险的水，山水情怀，天地蕴意，这不正是黔中大地的图腾吗？

这个胸有丘壑的诗人，梦想着自己的笔下生出炊烟，梦想着一日看尽长安花，梦想着笔下生发出冲破黑暗的光。失意时，他没有像三闾大夫那样，仰问苍天，在一条江里葬送自己的才华；烦躁时，他没有像共工那样，怒撞不周山，使"天柱折，地维绝"，而致"天倾西北，日月星辰移"。他是乌江的儿子，乌江懂他，大山懂他。那个穿乌江、登长安、著春秋的热血少年，用血用泪书写着黔中大地的誓言。

他，似乎找到了当年涉滩历险时的答案。激情又一次涌上心头：因为那篇喊出千千万万黔地孩儿心声的"疏"，而办考场、开学宫，人才辈出，直追中原，让他激动不已，便又一次拿出临行时家乡父老赠送的羊毫，像一个点兵征战的将军，卷起战袍，爽朗一笑，铺开宣纸，写下这首著名的《椅子山》："中天积翠郡城东，棨戟森严卫学宫。绝顶浮屠谁与建，人文从此更豪雄。"

他，以书生报国的方式，把黔中砥柱的词语，留存在中华文化史上。

他，将一条江水的灵光，用苍劲的四个大字，镌刻在五百年的时光里，与千古韶华相依。

今天，我沿着乌江向前走。

正是初春，河边的青草，刚刚打出芽尖；两岸的树，正在吐绿，微风中卷起层层青翠。河流，如万马奔腾，只是在明镜般的水面上，看不出来而已。

站在潮砥的码头上，揣念着水里的石头。

500年前，潮砥是如砥如镜吗？

那时，这儿一定有股强劲的力量。

对于黔地最早的印象，除了初中课本那篇《黔之驴》外，很少听到关于这里的信息。在我的潜意识里，这里不是崇山，就是险滩，河谷山峡，鸟也难飞得过去。

后来，喜欢上明代文学，读到了从江浙到贵阳播学、开创了贵州儒学新风尚的王阳明；读到了生于斯、长于斯，从乌江险滩走出，又反哺山寨的田秋。那时，总觉得他们两个人的名字很有意思。王阳明的名字，像叠字。阳，本义就是明，是亮，是朗，是强。田秋的名字，显然是收获的意思。初唐的骆宾王不是有诗说"浦夏荷香满，田秋麦气清"吗？

对田秋进一步的关注，倒是缘于湖南老乡邓延瓒。

十年前，我在湖南省委党校学习。课间聊天，谈到湖湘文化，谈到在外发展取得卓有建树的湖湘子弟时，来自岳阳的同学站了起来，自豪地说：我来自邓延瓒的故乡。

他说，550年前，邓延瓒这个在洞庭湖里打滚的进士，受命到人称"蛮夷"之地的贵州，首任贵州程番府知府。这个"湘蛮子"到任后，一边安抚百姓、惩治邪恶，对世代受禄的土司进行改革，上书朝廷改设府县，推行流官、土官兼治，推出了保境安边的系列措施；一边规划兴建城廓、街衢、祠宇、官舍、仓储诸多设施。在他任上，贵州府城气象一新，百姓安居乐业、民族融洽和谐。他也因此一路擢升，直至右都御史、两广提督。

可是，有一件事，让他一直闷闷不乐，自感到对不住这片哺育他的土地。这块压在他心头的石头，就是那个"关于在贵州独立举办科举乡试的上奏"。

"久旱逢甘霖，他乡遇故知；洞房花烛夜，金榜题名时。"这是古代人生四大喜事。金榜题名，历来是读书人的最高理想。科举制度，是朝廷选才、个人进仕的一个重要途径。从湘北过关斩将获授进士的邓延瓒，更深刻体会到办学与设科乡试的重要性。可是，大山深处的贵州，建省较迟，尚未设置考场。这儿的学子，投身进仕之路，靠在湖广、云南等地"蹭考"。翻山越岭去"蹭考"的苦楚与尴尬，自不必说。山遥路远、劳顿不辍而客死他乡者，也不在少数。贵州治政几年，虽有建树，得到朝廷肯定、百姓赞许，但这条教育"断头路"，在他手上尚未打通。眼看自己即将调任，邓延瓒遑遑然向朝廷递交了这份疏。想不到，竟然被"人才未盛、旧制不可轻改"，而被"掐"了下去。

当这个纵横江湖、征战八方、获赠朝廷"太子少保"之尊的湖南人，走出那扇森森大门时，望着蒙蒙灰天，甩了甩头上的长鞭，两滴清泪，随风落下。

很怀疑邓公"疏"的执笔者。作为读书出仕，深耕在黔地数年的行政长官，早就应该意识到办学的重要性，即便是上奏的"疏"，也得有理有据，条理分明，不会让人以"新制未定照旧制"而回绝。

野史上说，邓延瓒走出朱红大门的当儿，一阵阴雨飘来，他连打了几个喷嚏。

也就是当天，久雨初霁的贵州思南，艳阳洒在大山之中。在乌江之畔的一户人家，一个男儿呱呱落地。他就是后来接续邓延瓒上疏贵州开科的田秋。

历史，就是这么巧合。这一年，是明弘治七年（1494）。

出生书香世家，从小在墨香中浸润的田秋，聪慧，睿智，可谓神童一枚。《田氏族谱》这样写道：田秋在四五岁时，能过目成诵，日记数千言；七岁成文。到十三岁时参加童试考上了秀才，而轰动乡里。17

岁那年，穿雾瘴、越险滩，带着几个玉米棒，揣几个"山粮团"，远赴云南参加乡试而中举；弱冠之年，又进京赴考，明正德九年（1514）登进士唐皋榜。从此，光耀门楣，敞亮一条乌江。

唐皋，是我再熟悉不过的名字。前几年，在做廉政教育的教案时，就引用了他的那首《劝世歌》："朝里官多做不尽，世上钱多赚不了。官大钱多忧转多，落得自家头白早。"歌浅而明，雅俗共存，易懂易记，收到了很好的效果。对于这个明代进士，我还有一段懵懂少年藏在心中的秘密。那是在中学时代，情窦初开，对异性有一种朦朦胧胧的感觉，看着如花似玉的班花，连续向她书包里塞了五封"情书"，字字火辣，句句含情。想不到几天后，班主任老师把我叫到办公室，天南海北地侃了一阵后，便谈到唐皋，谈到他面对异性"舐破纸窗"的挑逗，坐怀不乱，发愤苦读而修成正果的故事。我心领神会老师的用意，也从此掐熄了不该燃起的烟火。

田秋博取进士，怎么又是唐皋榜呢？面对那本发黄的《思南府志》，在一个个竖排的文字中，我寻找着答案。

原来，明代科举考试一般为三年一试，分为三级，有"三元"及第之说。学子，通过乡试、会试及殿试，夺得头魁者为榜首。进士，是古代科举制度最高功名的统称，由皇帝亲自主持的考试，分三甲，一甲为三个人，叫进士及第，分别是状元、榜眼、探花，二甲、三甲有若干人，二甲称为赐进士出身，三甲则叫赐同进士出身。

正德九年（1514）殿试，第一甲由唐皋登为魁首，田秋进入进士三甲，中的就是状元唐皋榜。唐皋、田秋两人，一个来自文化底蕴深厚、享有"进士之乡"荣誉的徽州，一个来自大山深处的思南府，两人年龄相差整整25岁。

当年三月十八日，北京城头，随着一声清亮的放榜锣声，大街小巷，人们如洪水般涌向榜台。田秋踮着脚尖，从麻秆树一样的脑袋缝里瞅。当看到自己的名字赫然立在榜上时，激动得扬了扬眉毛，抖了抖满是尘土、打着补丁的草鞋——他不知道，这双烂草鞋，早就踏响京城，踏响云贵大地，一定会回响上下五千年。

"青崖斗绝竞崔嵬，曾为邦人捍大灾；今日承平皆陇亩，千家东面看楼台。"数年以来，回想当初，他借景抒情，写下这首气贯长虹的《万胜山》。

毋庸置疑，乌江边上的田秋，每一个脚印，每一次吟哦，都支撑着山寨的自信。北京城头的锣鸣声，也因此成为乌江又一次呐喊。

乌江，是带着神圣的眼神和思考走向长江、走向深远的。田秋在那叶小舟上，捧了捧乌江水，洗净脸上的灰尘，越过乌江，走向京城，走进了历史。明嘉靖九年（1530）的一个深夜，寒风吹打着纸糊的木窗。田秋哈了口气，搓了搓手，实在太冷，便用手在脸上摩擦着。

这是入京任职礼科左给事中不久的一个夜晚。豆油灯，在风中忽明忽暗，一册卷页泛黄的书稿摆在案前。田秋习惯地揉了揉眼睛，盯着书稿看起来：贵州虽然是"古荒服之地"，但在太祖高皇帝朱元璋开始已设置相关的区划，设立行都司，由"四路带管"，学子科考则放在四川进行。后来应试生员改到云南参加考试，由原来的5个名额增加到16个，每科赴云南乡试的达400人。书稿里还对贵州学校现状及科场费用进行了简明阐述。但朝廷对这个"在贵州设立乡试的上疏"，也像36年前邓延瓒上疏一样，"命下所司知之"，打了一个太极，交相关机构存档备案。

作为从乌江边上走出来的学子，曾经长途跋涉，赴云南参加乡试，其苦、其难、其险，历历在目，感慨万千。他狠狠地将墨筒在砚上磨了起来，铺开上疏的专用宣纸，回首往事，两行清泪。"臣秋，原籍贵州思南府人。窃惟国家取士，于两京十二省各设乡试科场。以抡选俊才，登之礼部，为之会试，然后进于大廷，命以官职，真得成周乡举里选之遗意，所以人才辈出，视古最盛，以此也。"

　　他先是介绍自己来自黔地山区，解说黔地未能单独开科的历史原因。认为，贵州建省晚，又是偏远山区，老百姓所受教育不多，因而不能单独开考。但时至今日，皇恩浩荡，贵州发展神速，"远方人才，正如在山之木，得雨露之润，日有所长，固非昔日之比矣。愚臣以为开科盛举，正有待于今日也"，真是铆足了劲，使尽了力，一边盛赞贵州人才辈出的景象，一边联系自己从深山走出来的艰难险阻：

　　愚臣以为开科盛举，正有待于今日也。以贵州至云南相距且二千余里，如思南、永宁等府卫至云南，且有三四千里者。……中间有贫寒而无以为资者，有幼弱而不能徒行者，有不耐辛苦而返于中道者。

　　正因为有了当年远赴云南，参加乡试长途跋涉的切身感受，有同伴病倒他乡的无奈，也有家庭贫寒者无以为资，甚至还有学子惧千里之辛不敢奔考的悲鸣，一直在他的心中翻滚。"至于中冒瘴毒而疾于途次者，往往有之。此皆臣亲见其苦，亲历其劳。今幸叨列侍从，乃得为陛下陈之。边方下邑之士。望天门于万里，扼腕叹息，欲言而不能言者，亦多矣。"他用素描的方式，勾勒出贵州学子跋山涉水、远征他方求学赶考的艰辛场景。赶考路上，峰峦重叠环绕，山路蜿蜒曲折。瘴气毒雾渐次而来，"其苦最极"。

　　尽管时光掠过了五百来年，断肠的文字，读起来依旧让人泪眼婆娑，"窃为国家取士，于两京十二省各设乡试科场……惟贵州一省，远在西南，未曾设有乡试科场，止赴云南布政司科举"。

　　他还列举了一系列贵州经济社会发展情况，重申贵州有财力、物力举办乡试，希望能增加云贵两省的举人名额"以风励远人"。"原系开科场"，如能如愿，"以惠远人，以弘文教事理"。

　　这部带着血、含着泪的《开设贤科以宏文教疏》，感动了朝廷。朝廷立即组织礼部、贵州按察使韩士英、巡按贵州监察御史王杏等进行"会审"。

　　礼部面对田秋这篇情真意切的上疏，一改过去那种"旧制不可轻改"的口气，承认"云贵合试已久"两省尴尬处境，痛惜"贵州赴试生儒往返艰苦"，提出了科考"单独势所不免"。

与田秋同登甲戌科唐皋榜的进士韩士英，看到田秋血泪之疏，也是同病相怜，立即执笔回复。作为地方行政长官，还就开科场地、经费支付也做了保证，认为贵阳"省城南隅，现有空司"，可"堪作贡院"。在财政支出方面，认为"政府财政"可以"合用钱财"，并表示"动支无碍，则钱粮未为绌出"。

甫任贵州巡按的王杏，也奉命调查复议田秋之疏。同样用带血的文字奏道："贵州自建省设学校养士以来，历百五十来年，文教茂往昔十倍。诸生就试云南，苦于道路。""今于贵州城内西南隅择地，可以营建贡院。计所需白金二千四百余两，检藩库羡缗可办。"希望"别开科免诸生跋涉，益感恩励学"。

"贵州文教渐洽，人才日盛，科不乏人。近年被翰苑台谏之送者，往往文章、气节，与中原江南才俊齐驱，相应建立贡院，开设乡试。"明嘉靖十四年（1535），朝廷终于批准贵州开考，"许贵州自乡试，免附云南"，并在附试云南的基础上增加了4个名额。《明世宗实录》第178卷，对此有着详细记载："嘉靖十四年八月庚子（十二），先是贵州乡试附于云南，道里不便，给事中田秋建议贵州独立开科，下巡按御史王杏堪议，称便。因请二省解额，命云南四十名，贵州二十五名，各自设科"。

上疏获得御批，贵州人在自己家门口开科考试的"乡考梦"，终于变成了现实。之后，田秋在调研中发现，州县又远离府、卫，加之山河阻隔，如遇秋夏涨水，学子往返困难，家乡只有府、卫建学，还没有设立州县建学。又提笔上疏，请求朝廷在安顺、务川、印江等州县建学，发现人才、培养人才、推出人才。明万历四年（1576）正月初一，在他逝世二十年后，上疏也得到了批准。从此三州县相继建起了自己的学堂，而开启黔地教育新纪元。为纪念这位贵州"乡考"教父，人们在贵阳明远楼夫子庙内建起田秋牌位，与万世恩师孔子一起，享受各科考生的香火。

壬寅年冬夜，我曾独自走到贵阳云岩区大十字中心广场小花园。这里，就是建于嘉靖十六年（1537）的贡院。沧海桑田，480多年的变迁，仍能感受到其水"小河穿桥，西出富江，环城东注"；其山"笔峰峭直，天马排空"，其神"皆苍翠可掬，诚焕然嵬然"，其人"此事有循吏名臣，况当侧席求贤，梦萦严野；何字非笔耕心织，记否携朋观榜，泪湿儒衫"。这座小小的贡院，在明代竟然走出了进士75人（有明一代276年，贵州中进士者，开乡试前的169里仅27人，开乡试后的107年则是75人）。贵州人在科举场上，明清两代走出了"六千举人七百进士"，并以"三名状元一名探花"的科考成绩"平湖广四川超云南"而直逼中州。贵州贡院，为中华文明史写下了令人惊羡的一页。

走在这里，每一步，都是历史、都是风华。华灯下，仿佛看到一抹淡淡的影子，由远至近，又由近及远。很遗憾的是，找遍了整个广场，没有找到田秋《开设贤科以宏文教疏》碑文。问及一个正在打太极的老人，言前方就是当年"魁星石"所在地。那个"以寓致望，意何其良"的石头，或许早搬迁他处，在历史中成为历史。

广场上，音乐声响起，是不是又有一家商场即将开业？

但无论怎样，田秋这部带着淳朴气息的《开设贤科以宏文教疏》，含着血与泪的文字，从此写进了中华科举制度"考试史"，浓墨重彩地书写在云贵高原乃至中华大地之上。

给事中，是封建社会的官名。明代给事中分吏、户、礼、兵、刑、工六科，辅助皇帝处理政务，监察六部，纠弹官吏。"出入宜真选，遭逢每滥飞。器惭公理拙，才谢子云微。"这是唐代著名诗人沈佺期《自考功员外授给事中》里的一句话。言下之意，别小看这个小官，官位不大，大权有握。有人曾开了个玩笑：什么翰林，什么御史，统统抵不上一个"给事中"。而皇帝身边的吏科给事中，其工作主要是为皇廷审议上疏，"纪检监察"，调查贪腐线索，对朝廷负责，其权威影响更大。

在潮砥的江岸行走，我在想，从大山深处走出而博取了功名的田秋，会不会在官场做个"文章太守"，写写花前月下，寄情千里。但田秋却没有就此止步，而是将心中的文章延伸，写出了为政、治理、亲民、廉洁的大文章，写出"一饮千钟"的大气魄，写出一个乌江男儿的真本性。在吏科左给事中任上，就敢摸老虎屁股，而且摸的是大名鼎鼎的郭勋。

郭勋，乃武定侯郭英六世孙。曾出镇两广，与嘉靖帝有"过命之交"。这样的勋贵，别人削尖着脑袋都想与他接触，希望能在浑水里摸个什么鱼儿尝尝。田秋却以攀附权贵为耻，处处与那些搜刮民脂民膏者、为官不为者"作对"。当郭大人讨好朝廷，提出用官军三万于两宫、四万人去修建陵墓的请示，田秋据理回击，予以否定。后来，他又对郭勋挪用军款进行了深查，用事实说话，以致皇上"乃大怒"，为后来切除这个"毒瘤"，让"郭勋下狱"，做了前期准备。

大江东去，急流砥柱。体制的落后，人员机构的臃肿，官员的腐败，奸佞的当政，这些封建社会长期积淀的问题，像病已到了心脏与膈膜之间，命危旦夕，亟须刮骨疗伤。时代不幸，有血性的人就会站出来，振臂高呼，用明晃晃的手术刀，向这个毒瘤切去。

田秋敢不敢做热血英雄？面对"内府监多冗食，太常寺多冗役，光禄多不经之费"（《黔诗纪略》），他秉笔直陈，提出相应整改措施，"悉数裁汰"，以防冗员泛滥。"御马监用财无节，酌赢缩为之程，岁省费巨万计"，他将这些一一记在上谏本上。奉旨清查御马监夫裁至7万，夫食至7万石，巡查光禄、太常寺，力役裁去2400余人，裁汰27名京城镇守宦官，500多名锦衣官，削减了几千名混在监局中的滥冒官员。

田秋，作为嘉靖前期裁革冗滥动议最多的谏臣之一，名震朝野。

他是一个读书人，从小就接受父亲"居家应谨身俭用，入官当忠君爱民"的教诲，脑子里是心忧国家，眼睛里容不得半粒沙子，骨子里喷发的是仗义天涯。"弯月当作秤钩用，称得山河有几多。"从他的诗看出，他想着的，绝不是"采菊于东篱""躺平养生"，而是万丈雄风装在胸中。

封建官场，太多的盘根错节，任人唯亲、结党私营、官官相护。面对蜘蛛网一样的关系网，田秋一直秉持"居官持廉多深刻，吾廉而不刻"。面对利益集团一步步侵蚀明朝大厦，他痛不欲生，曾借诗寄情"云霁风清玉宇空，平看飞鸟俯琳宫"（《登崖门山》之二），希望政坛清风徐徐而来，还官场一片明朗生态。面对利益集团买官卖官的腐败行为，他站了起来，在各司的配合下，推出了一系列官员能上能下的制度，规定了"俸事"晋升年限，即知县必须俸六年上下，才可以升取知府；知州必经历俸六年以上，方可升迁。凡是其才能与官职不吻合，或官与地方不相适应的，待抚按查实后，根据实际情况进行调整。参议升参政、副使升按察使，佥事升副使都要三年左右为限。

这一站，就站起了巍巍乌江儿子的担当。

改革，是要付出心血甚至生命代价的。宋时的王安石早就认为，人习惯于苟且偷安，得过且过，士大夫多以不顾国家大事，附和世俗，只有力举改革的人，不计敌手，"欲出力助上以抗之，则众何为而不汹汹然？"田秋，是一个不撞南墙不回头的人，在世俗面前，只认一个死理，像半山公那样，"天变不足畏，人言不足恤，祖宗之法不足守"，用上疏，吹响改革的号角；用行动，向天下奉献一颗赤子之心。

一本记述朝代兴衰史的《明世宗实录》，用不少的文字，记叙田秋宵旰操劳的身影，讲述他重振明廷政治生态的故事。

明嘉靖八年（1529）十二月乙丑日，田秋上奏关于御马监事宜：一是清点了御马监马匹，加大监管力度，对无正常马匹进行深究，从重论罪。二是进行专人专管，按造册上报领取饲料，安排饲养人员。三是光禄寺每月宰杀的老马数与每年进贡的马数另造册登记上报，以便添减饲料。四是半年检查马匹，以便增减。加大对战马训练。

一系列铺排出来的治国理政思想，得到最高行政者"俱如议行"的批复，也得到正义的发声。就连后人在为其同时代的名臣李承勋作传时，也用激扬的文字阐述田秋惩恶扬善之壮举："继胡世宁为兵部尚书之后，李承勋又革锦衣官五百人、监局冒役数千人。独御马监未汰，复因给事中田秋，多所裁减，而请以腾骧四卫属部核诡冒，制可。"

作为贵州的母亲河——乌江，古称黔江，是长江上游南岸最大的支流，也是贵州最重要的水上通道。明朝贵州巡抚郭子章，在《题征路苗善后疏》中谈到，食盐在四川数处购买后运入贵州，其中一半通过乌江而入，乌江回馈的则是桐油、生漆、药材等土特产。

但由于历经多次重大自然灾害，山体滑坡，河道变形，多处阻塞，河床因此变窄、暗石密布，水流湍急，船毁人亡的悲剧时有发生。或形成高滩峡谷，上下船只不能直接通行。如，从思南到涪陵的348公里中，大小险滩100多处，其中，号称乌江"滩王"的潮砥、新滩、龚滩皆为"断航滩"，三滩不能直接舟楫，只能搬货易船"盘滩"而行。"又五里至潮底，险滩也。滩上束以石峡，水力甚道，至滩头巨石壁立，高可丈许。"《安化县志（稿）校注说明》里，对这里的惊、险进行了描述。作为地方志书，书里还采用蒙太奇的手法，用"怒流建瓴而下，跳珠喷沫，白波若山；潴为巨潭，深且无际"，来彰显此时此景。"舟行未至，遥闻轰轰雷鸣，商人易舟而上下焉。"出入黔地货物，犹如盲肠梗阻，而致官民两贫。

从小看着乌江潮起潮落、船帆飞舞的田秋，深深地懂得乌江的秉性。乌江一日不治，沿岸水患、旱患一日难绝。川盐入黔、振兴黔地经济一日也难以实现。他画了一张图，将川盐运到思南，由水路分售到石阡府等地，由陆路分售到铜仁、镇远等地，沿岸的粮食、桐油、木油、生漆等农产品也相应运出，乌江不就成为与外省物资交换的运输要道？经过这儿的大船小船，前后喊声相接，百货转输，人来船往，"商贾辐辏"。到那个时候，或许就连北宋的张择端看到，一定会惊呼这是黔地的"清明上河图"。

他在山与水的秋波里对接着。机会终于到了，那是明嘉靖十八年（1539）十月，田秋调任四川按察使，任上不久就赴两省航道考察，协调两地台使，上奏"疏浚乌江航道"，陈说乌江河流阻塞，盐利难以入黔，老百姓没有生活来路，朝廷也无税收之利；陈说"乌江不治，沿岸旱涝难保"，社会秩序更加难以维护，更谈不上安居乐业、民族振兴了。上奏还分析道，如果能从速整治乌江，打通断头航道，就能加快两岸的物流，缩短运输周期，加大运输量，大幅度降低成本。上疏得到了朝廷肯定，着令"凿瓮疏流"，对进入此地交易者，"传檄谕商、货盐入贵者赏"。

乌江航道得到了疏浚，两广的日用商品，也源源不断地进入黔地。潮砥，昔日的一个"盘滩"码头，成了一个大集市，有了"乌江物流贸易中心"之称。直至今天，仍依稀可见当年繁华集市的面貌。

站在这里，透过那些轮廓，可以看到千年古镇热火朝天的场面。清风徐来，竹影婆娑，乌江浩荡，帆影点点，汇聚着南北货运。它有渊渟岳峙，马咽车阗，水驿相连，闹市相接；也有朝歌夜弦，人流熙熙，迎送着南来北往。那些来自五湖四海的商贾、游历街景的豪门乡绅、飘出悠扬丝竹的酒楼……无不在言说着古镇的繁华与富足。

300年后，清代史学家萧琯在编修《思南府续志》时，情不自禁地写道："商之由陕、由江至者。边引蜀盐、陕人主之。棉花布匹，江人主之。其盐自蜀五洞桥盐井运涪入黔，两易舟以达思南，分道散售。石阡、铜仁、镇远各府皆引地也。计岁销盐十数百万斤。"

田秋，再一次亮相乌江，用一篇《疏浚乌江航道》，写给了乌江，写给了潮砥那块鹭鸶石。

矿业，是国民经济的基础产业。它，对社会经济的发展，具有较强的依赖性，明代也不例外。"驰用银之禁，朝野率皆用银，其小者乃用钱"，在明英宗当政后，曾明令"厉禁民间私采"，矿业由官府垄断经营。明世宗朱厚熜即位后，同样使用浑身力气整治矿业，矿禁也堪称严明。明嘉靖十五年（1536）七月，武定侯郭勋"陈言三事"，向朝廷请疏"设矿课以助工费"，提出利用军队赴山东、河南、顺天等处采矿，用采矿之利资助军队。

开矿，是一个技术活，必须要进行实地考察，"地之孰厚孰薄，矿之或衰或旺"。这种事，绝不能闭门造车，纸上谈兵。武定侯郭勋想当然地动用军队，随意开采矿业，受到田秋等人的坚决反对。作为户科都给事中的田秋，下沉到一线，认真调查，发现郭勋提出的采矿之地"矿脉微细"，动用军队采矿则更"徒伤财害民"。于是，走上前台，厉声说："顺天等处所进矿砂，工部令人试之，十不及一。课额不足，其势不得不科之于民。"疾呼，如果这样无视自然，滥采滥伐，不仅无益于县官，更是不得民心。

想不到，对采矿似乎"成竹在胸"的郭勋集团，"吃秤砣铁了心"，一次又一次提出上疏，回驳田秋，说什么"采矿无损于民，有益于国"。他们还将收益分成都给列了出来：蓟州西有瀑水矿洞，居人尝窃发之，获利无数。请遣司礼监谨厚内臣及锦衣卫千户各一员，奉敕往督。金家业殷实者为矿甲，熟知矿脉者为矿夫。所获矿银以十分为率、三分为官课、五分充雇办费、二分归之甲夫人等，用酬其劳。则彼此皆毕力于矿，而所获自倍矣。

郭勋陈言开矿得允后，户部、内臣及锦衣卫官员被陆续地派出开矿了，各地也纷纷效仿。面对朝廷的麻木不仁，田秋痛心疾首，他要"我以我血荐轩辕"，守护绿水青山，捍卫国家利益。在上疏里，不止一次地写道：无视自然，随意开采矿业，是"为国敛怨"，必当"请罢其役"。

郭勋逼宫式的方法，就连一向好做好人的都给事中朱隆禧也看不下去了。他在谏书上道："皇上登极，诏革内臣，中外臣民一时称快。勋徒因取矿一事，而欲并复镇守。诚恐黩货殃民，天下汹汹，臣等不能计其所终也。"

户部覆顺天抚按官，也站出来力挺田秋："永平府汉儿庄矿山，利源微薄，而费县官甚巨。请封闭其地，并力于蓟州瀑水谷采取。"

但是，天下，是朱家的天下；勋贵，是他皇帝老爷的兄弟，哪个胳膊能扭得过大腿？皇帝老爷听信了谗言，哪里能由得田秋他们的上谏？大笔一挥：（各镇守内臣）着云贵、两广、四川、福建、湖广、江西、浙江、大同每用一人，内监慎选以充，不得作威生事（《明世宗实录》）。就这样，开矿大军随着那支朱笔落处，浩浩荡荡地开向四面八方。

一个不怎么清朗的朝代，能有一个主张环保的读书人，应该是时代的大幸，华夏山河的大幸。但这个大幸，只能珍藏在史料之中，只能传颂在绿水青山之间，只能在山水中才能体会到良苦用心。看着自己入山林、穿恶溪、爬弃矿，九死一生而得来的"调研报告"被否决时，田秋的心在流血。他的目光所到之处，无不是阵阵忧伤。

事实胜于雄辩。由于开采技术根本不成熟，采矿入不敷出，又动用大量军队、技术人员、官员，与地方百姓争利，激化地方矛盾，朝廷采矿搞得怨声载道，民不聊生。

后来的结果，果不出田秋所料。明嘉靖十五年（1536）七月武定侯郭勋陈言大力开矿后，朝廷所进金银入不敷出。据工部尚书数据："山东、河南、蓟州矿银解部者且二万余。"朝廷谕工部令以节慎库所贮矿银进用，尚书反映为"矿银六万二千三十余两已送大工支用，存者无几"。

明嘉靖二十五年（1546）七月，朝廷曾差官开采北方某地矿硐，整整11年时间，"委用官四十余员，防守兵一千一百八十名。每名廪食并合用器具、铅炭，总计费银三万余。往来夫马之劳，供应之扰，又数千计。及考矿之所出才有二万八千五百有奇，所得不足以偿所费"。

乌江，让田秋变得更加刚烈。

石头是灵性的。千万年来，石头在盈盈一水间，用自然的法力，脉脉相承，赓续古今。

东汉末年，52岁的曹操在北征乌桓胜利归来之时，站在波涛汹涌的沧海碣石山边，诗兴大发，写下了千古一绝的《观沧海》。那块刻着"东临碣石，以观沧海"的渤海巨石，带着一代枭雄标领历史潮流、傲视群雄的眼神，从那一刻起注定要在历史中留下浓重一笔。

而潮砥滩头的那块鹭鸶石呢？田秋写下的"黔中砥柱"，不就是两千里乌江洋洋洒洒的自信吗？

乌江，因为有了这四个大字，由此生动起来。作为一个代名词，潮砥由此变得气贯长虹起来，变得壮阔无比起来。

乌江在说，乌江的子民在说："黔中砥柱"，是田秋的魂，是田秋的根。

于是，这条江多了份敬畏，这座山寨多了个象征。

黔地行记

跋

以"四力"之功著匠心之作

——读林汉筠《黔地行记》

读《黔地行记》，感到分外亲切。翻开书的扉页，那山、那水、那人，仿佛就在眼前。本书作者林汉筠赴德江县文联挂职交流期间，我正好在德江县文联主席任上。那段作为"驾驶员"陪他下乡采风的日子，仿佛就在昨天。他那幽默又不失分寸、有才又低调谦虚、奋进又务实笃行的风采，深深地印进了每个文联人的脑海。只是，同样的基层生活，同样的采风，同样的时间，林先生以"四力"之功著成匠心之作，我们却任时光匆匆地流去。

林汉筠先生在贵州省德江县文联挂职的半年时间，几乎每天都深入一线，用脚步丈量德江大地，足迹遍布全县22个乡镇（街道）68个行政村。每到一处，与群众亲切交流，收集第一手资料。因而，他撰写德江的散文，无不"沾着泥土""带着露珠""冒着热气"。记得，我们驱车前往《春到山寨桃花艳》里的"老厂"时，一个半小时车程，道路沿着悬崖边延伸，不知经过了多少个"几"字形弯路，车子一不小心误入了茶园小路，路窄而陡，约莫60度的打滑路忽地出现在眼前，让我的手心、脚心冒出了冷汗，幸运的是，没多久就又回到了主路。爬老厂的后山，探秘"桃花源"用了整整一个下午。那时，疫情尚未解封，后山位于两县接壤处，为了不让邻县疫情影响出行，大家都未带手机，只带一个木棍作为"拐杖"，顶着乍暖还寒的春风前行。爬到"猫猫丫"庙宇处，精疲力尽的我，只能仰望险峻的峰尖，以及正爬到峰尖上的林先生他们。王安石《游褒禅山记》写道："世之奇伟、瑰怪、非常之观，常在于险远，而人之所罕至焉，故非有志者不能至也。"无疑，林汉筠是有志者。在脚步的丈量和心灵的触摸中，高山的星星、泉口的石林、洞佛寺的火光、枫香溪的脚步、十字关的足迹、新滩的英烈鲜血……一篇篇历史文化散文应运而生。

　　善于观察、善于发现、善于捕捉各种细节，是林汉筠给人的最深印象。《"神秘傩寨"的乡村舞台》描述跟前的古树"如同如来的巨手，在树丛里别具一格地矗立着——手腕、手掌、手指，惟妙惟肖，栩栩如生"，让人眼前一亮。有时，他会把视角悬于空中以便更好地观察：《泉口读石》站在将军山顶"眺望"，向南"水波浩渺的天池""万亩草原"，向东"苍茫浩瀚的大山""炊烟飘香的村寨"尽收眼底。有时，他用独特的视角切入：《一代英豪的山祭》没有就胡胜海写胡胜海，而是写在宝庆人刘仪顺影响下成长起来的胡胜海，被宝庆走出来的"狠角色"席宝田所杀，而作为宝庆人的林汉筠又来回顾书写这段历史，形成一个完美的闭环，让读者在为主人公扼腕的同时，不禁感叹命运的神奇。人们常说"不谋万事者，不足谋一时；不谋全局者，不足谋一域"。林汉筠还有着开阔的视野，让人既见树木，又见森林。《土家山寨数星星》用站在高山之巅的星星，映照回乡创业、投身脱贫攻坚、乡村振兴的年轻人，发人深思。

　　林汉筠勤于学习，善于思考。在德江挂职期间，除了本身的帮扶工作外，他把大量的业余时间用在查阅资料、钻研当地文化和潜心创作上。图书馆里经常有他的身影，办公室的柜子上摆满了德江文化书籍，他办公室的灯每天晚上十一二点才熄灭。他有很强的历史思维，读他的作品，常常会经历一次美妙的时间、空间之旅。《亚洲楠木王和它的山寨》，其思绪空间上在江西、故宫、岭南、陕西、福建辗转腾挪，时间上从现在穿越到明朝、南北朝……光影交错，既是写楠木，又不仅仅写楠木。《夜宿枫香溪》通过一个"旱烟筒"，将历史照进现实，让

"1934年的那阵阵脚步声"传进读者的耳朵。作家善于开动脑筋，运用唯物辩证法，发现事物的关系。《在飞雪中穿行》中，看到平安村普陀岩，他就能联想到是否与梵净山寺院有关，执着求证居然属实。读《黔地行记》，还能激发人强烈的个体生命情感。《一座山寨的时间书》里"人的一生，就是与山水相逢，与乡愁博弈"，既是作家所思所悟，更是无数游子的切身体会。

"一篇好的散文，首先要有充满强烈而又真切的现场感，也就是人们常说的'在场主义'写作。"林汉筠是有这样笔力的。《客串"古村28渡"》写汽车走进"悬挂"在山崖的公路时，"猛然就看到窗外如利斧削过一般的层层群山。一片片轻柔如纱的薄雾，在对面梯田间、山花间、树丛间流动，柔和浩渺，凝重而又弥漫。迷迷蒙蒙云雾中，突然一道白练似的高速公路……"这一描写，与我拍摄的照片相差无几，令人拍案叫绝。《上堰听茶》描述如金针一样的茶叶"伸着柔长的双臂，抓住直向上冒的热水，一根根耸立了起来又扑了下去，然后慢慢地向后仰着"，让人过目不忘……这些都体现了作家优秀的现场塑造和赋形能力。

喜欢读林汉筠的散文，还因为它散发着诗的清香，特别能吸引人、感染人、打动人。《古桥，山寨的流年碎片》里"境内31条河，像31根血管，潜行在她的肌体里"，《在飞雪中穿行》里"延绵起伏数公里的石壁，俨然一幅水彩画挂在天际之间。'画'上，有青藤，有崖柏，有雪地山羊"……这些优美的句子，深深地印在我的脑海里，挥之不去。

大德如水，大美如江。林汉筠先生用脚力、眼力、脑力、笔力打磨的《黔地行记》，香味氤氲、沁人心脾，正延展着德江的文脉，书写着莞铜的情深。

（张艳想，德江县文联原主席，现就职贵州科学院）

林汉筠西部挂职促东西部文化交流

中新网东莞2022年10月9日电 　（李映民　周兴　高荣羚）2021年初，广东省东莞市与贵州省铜仁市结成对口协作城市。当年10月15日，东莞作家林汉筠受派到铜仁市德江县开展挂职帮扶工作。他克服了地域、气候、工作环境等不利因素所带来的困难，通过自己的辛勤工作，促进了两地文化的交流、融合与发展。

德江的傩戏，被戏剧界誉为"中国戏剧活化石"；而岭南，其蕴藏的文化也可谓博大精深。文化在传承发展中，需要传播、交流和融合。林汉筠作出一个大胆的设想：把德江的傩戏文化与岭南文化作为代表莞德两地文化交流的载体，通过协作，优势互补，让两地文化在交流、碰撞和冲击中，互融共进。

他的想法得到了相关部门和领导的重视和支持。2022年4月7日，林汉筠本人历时五年之久创作的历史文化散文集《岭南读碑记》新书分享会，在贵州工程职业学院如期举行，线上线下共1.3万人参加活动。

在德江挂职虽然只有短短半年，但林汉筠跑遍了全县22个乡（镇、街道），先后到过68个行政村深入走访调研，与当地群众座谈，收集到第一手材料，利用业余时间，创作了反映德江人文历史的系列文化散文作品，讲述乡村振兴的精彩故事，传播新时代山乡巨变东西部协作好声音。

林汉筠在挂职期间，组织德江的傩艺师、作协、摄协、书协等文艺家20余人赴东莞，开展傩戏表演及其他文艺交流活动，通过线上线下非遗技艺展演，让东莞市民不出家门就能欣赏到相隔1200多公里从黔地深处带来的特色土家族文化精粹。

半年时间，他组织策划当地文学创作交流活动10次，组织莞铜两地文艺家交流4次，协助策划大型改稿会，推介打造当地网红村寨，在"学习强国"等媒体发表莞铜协作帮扶干部的风采事迹300多篇。

不仅如此，林汉筠还通过爱心企业和爱心人士，为楠杆乡初级中学、长丰学校、高山幼儿园等筹资购买办公设备，为困难家庭学生筹资助学。

为了让德江在东莞的务工人员能更好地稳岗就业，林汉筠主动参与、牵线搭桥，引导当地群众务工，推进两地劳务协作。为积极引导黔货出山，在他的努力下，东莞市凤岗镇投资近百万元，建起了德江风物馆。该馆重点销售德江的当地特产，为黔货出山开辟了又一新通道。

（资料来源：中国新闻网2022年10月9日，有删节）